P9-AGU-522

De Pe a Pa

Luisa Futoransky

De Pe a Pa
o de Pekín a París

EDITORIAL ANAGRAMA

BARCELONA

Portada:
Julio Vivas
Ilustración: «Cerbero, haciendo una cabriola» (1725) de J. G. v. Hamilton, Kunsthisto-
rische Museum, Viena

© Luisa Futoransky, 1986

© EDITORIAL ANAGRAMA S.A., 1986
Pedró de la Creu, 44
08034 Barcelona

ISBN 84-339-1736-6
Depósito legal: B. 17.852-1986

Printed in Spain

Diagràfic S.A., Constitució 19, 08014 Barcelona

El silencio de las sirenas fue galardonado, el día 15 de noviembre de 1985, con el III Premio Herralde de Novela por un jurado compuesto por Salvador Clotas, Juan Cueto, Luis Goytisolo, Esther Tusquets y el editor Jorge Herralde.

En la última deliberación, *De Pe a Pa* de Luisa Futoransky resultó finalista *ex-aequo*.

Abraxas es un nombre divino, también una fórmula mágica inscrita sobre un amuleto y una palabra derivada del hebreo *berajá*, bendición, o *abrac*, rayo o fúlmine.

Abraxas

La degeneración de esta palabra da origen a nuestro corriente

ABRACADABRA m. Palabra cabalística a la cual se atribuía la propiedad de curar las enfermedades. Con sus letras, dispuestas en triángulo, la palabra puede leerse en varios sentidos:

```
A B R A C A D A B R A
  B R A C A D A B R
    R A C A D A B
      A C A D A
        C A D
          A
```

CAPÍTULO I

Para Laura, hoy por hoy, la China está que pela. Todavía
cualquier cable de Shanghai o de Yunnang le altera el pulso. El
periódico, definido en franjas bastante bien delimitadas: frío-frío,
tibio, caliente, ¡y no puedo más, saltaron los tapones!

Sea por amores, por haber vivido en los lugares, por hacer
causa común con movimientos de liberación o solidarizarse en el
repudio a dictaduras, por embanderamientos emocionales más
turbios y difíciles de explicar apenas por la lógica, a partir de
cierta etapa de la vida, se esté ubicado en esta vereda o en la
de enfrente, hojear el diario es un poco visitar la parentela o
revivir la autobiografía.

Laura todavía está en el período de no poder leer ni tampoco
dejar de leer nada referente a China. La tiene demasiado cerca, en
carne viva. La diferencia con Buenos Aires es que su país es una
herida crónica; como fumar desde los quince. A los cuarenta y
pico, difícil concebir el mundo sin la cortina de humo propia, sin
la sonoridad de la propia tos. Algún día uno intentará dejar de
fumar. Algún día.

Claro que también existen las zonas de electrificación tempo-
raria. Si uno pasa las vacaciones en Portugal, por un tiempo, todo
cuanto ocurre en ese país le interesa; después el todo se va

11

fragmentando en sectores de concernimiento más o menos personales (si a los pocos días del regreso se produce por caso una epidemia de salmonella en Algarve, secretamente uno se inquieta: «mis mejillones, mis almejas ¿estarían contaminados?»), para acabar diluyéndose en las grandes generalidades de la ley, como elecciones, eventual visita de un jefe de Estado, fecha de ingreso en el Mercado Común, grandes cataclismos, un sobre con fotos que casi nunca se miran por la vaga sensación de malestar producida ante la revisión de esos testimonios de intimidades fugaces con extraños desaparecidos tiempo atrás de nuestras vidas, un disco de fados y chau, Lisboa.

Después están las zonas de electrificación semipermanentes; si se tienen parientes en Israel —quién que se apellide Kaplansky no los tendría— y se reciben noticias de un nuevo atentado, se piensa en seguida que gran parte de los pasajeros del autobús dinamitado eran íntimos carnales, o si se sabe que colocaron una bomba en un cine donde exhibían una película del oeste, se teme que los asistentes todos a dicha función fueran nada más que parientes cercanos; ¿qué otra gente acaso podría encontrarse en ese cine y a esa hora en una ciudad tan desierta como Tel Aviv? Pero con dicha zozobra Laura aprendió a ser más cauta, ya que una vez probó manifestar su oscura línea de sombra a María, amiga de adolescencia y ahora reencontrada en París, quien le contestó:

—Yo me alegro mucho, vos también deberías ponerte contenta; con cada uno de estos actos se acelera la liberación del pueblo palestino.

El erizo se enquistó y nunca más Laura sacó a relucir con María el tema Oriente Medio. A menos que cada tanto lo trataran como gran excusa para agredirse por otras razones que juntaban con parsimonia y sin olvido; entonces sí, estaba permitido; en vez de decirse en la cara las cotidianeidades con las que mutuamente se jodían, utilizaban por ejemplo la figura de Sadat, pro y contra. Hasta que lo acribillaron y tuvieron que procurarse un reemplazante que hiciera de chivo expiatorio para contenerles todas las otras diferencias. Encontraron a Jomeini, que les vino que ni pintado porque con ese tienen para rato.

Con frecuencia, la negación suele ser la otra cara de la misma moneda llamada electrificación. Se queda saturado, alérgico. Van para cinco años que Laura regresó de los otros tantos que pasó en Tokio (eso fue antes de su estadía pekinesa) y todavía no le tira siquiera ver una película japonesa, pongamos que la mínima sí, la inevitable como para no quedar fuera del circuito cultural; si en Cannes premian a una japonesa, hay que verla. A la rastra, pero hay que.

Sin embargo, de golpe, cada tanto, solitaria, la pulsión urgente nipona y entra en un restaurante japonés para oírse murmurar la docena de palabra que aún no se le borraron, un país nebuloso en la distancia de los sabores que vorazmente trata de recuperar; dentro de poco le quedarán el par de lugares comunes que tiene todo el mundo: *arigató* y *sayonara*, y a través de esas lianas deberá remontar el andamiaje de sus emociones y todo eso la pone triste, a más no poder.

Ahora en cambio, la más inocente alusión a China, *la lingua batte dove il dente duole*, la retrotrae a ése, su estar hasta hace un par de meses allí, le recuerda como en una penosa foto fija la escena en la puerta del Banco de China, en Pekín, mirando a Djagó a los ojos y diciéndole:

—De verdad, ¿me lo prometés?

El, con un fajo de francos belgas en la mano:

—Sí, en dos meses nos reencontramos. ¡A ver esa confianza!

Y ella se la tiene, absoluta. Laura necesita para vivir ese creer amatorio desesperado, rama única al borde del precipicio, confianza (en este caso) consistente en la repetición de un manojito de frases pronunciadas por él —es cierto que repetidas en diversas oportunidades y con la mayor intensidad, porque ni siquiera Laura, tan bien dotada para estos menesteres, podría inventarse una historia de la misma nada—. El rosario se componía de enunciaciones como éstas; en verdad para chuparse los dedos:

—Yo te adoro. A mi edad no se cambia de amor; si uno tiene la fortuna de encontrarlo, lo cuida y lo mantiene. Mis colegas me dicen sorprendidos: «No sabía que se podía ser tan feliz en Pekín.» Soy envidiado por tu causa.

13

Las cosas se habían dado así: cuando estuvo tentada de aceptar la renovación de su contrato con la Universidad de Pekín por un nuevo período lectivo, piensa que te piensa le pasó por la cabeza repetidas veces una palabra que conoce en inglés, bastante horrible de sonido y por lo que con ella cabe asociar: *pro-cas-tri-na-tion*; *Laura, basta de procastrination*, que viene a ser una castración por postergación producida por la pereza y la vacilación. Pavada de rima, ¿verdad?

Si bien, entre otras profesiones, Laura hubiera querido ser bailarina clásica, campeona de ajedrez, reina, navegante solitaria, poseedora del don de la invisibilidad; a los quince años reunió lo mejor que pudo esas ambiciones secretas en una que en parte las contiene pero se puede nombrar, no porque se la aceptaran pero al menos porque a primera vista parece más inteligible: escribir.

¿Y por qué decidió ahora hacerlo en París?

A lo mejor porque los primeros articulitos, poemas en un periodicucho estudiantil, los firmó así: *Ruth París*. *Ruth*, obviamente en un intento de asumir la kaplanskidad, idea que hoy comienza a vislumbrar un poco en sus contenidos de culpa por el dedo acusador de la mayoría, desafío, y otras yerbas, y *París* para abrazar, incluyéndose geográficamente, la cosmogonía de lo mítico literario, ya que en su adolescencia, salvo para Borges cuyo hilo conductor pasaba por la Pérfida Albión, para el resto de los comunes escribidores, literatos y embadurnadores, la respiración toda pasaba por París y tanto es así que hasta a los nenes se los hacía venir de su contorno.

Un diálogo tipo de clase media porteña década de los 40-50, explicando a sus vastaguitos el «misterio» del nacimiento, podría haber sido perfectamente:

Nenes: «Mami (o Papi) ¿de dónde vienen los chicos?»

Mami (o Papi): «Los nenes vienen de París y andá a jugar afuera porque ahora tengo que hacer.»

La época de la proliferación de las guarderías y jardines de infantes llamados Arcoiris, Bambi, La cebrita cariñosa, Pinocho, o similares diminutivos de la fauna acompañados de algún adjetivo para matizar, los mismos que luego fueron tildados de sospechosamente rojos y tratados en consecuencia por los militares porque entre otras cosas lanzaban a las mentes inocentes teorías peligrosas como la de la semillita mágica que papá confía a mamá (¿por la nariz como un poroto?, ¿en el ombligo?), a ella ni siquiera la había rozado.

exilio

Sea como sea, un cuarto de siglo más tarde, Laura tenía, es cierto, aclaradas sus dudas sobre algunos actos que originan los nacimientos. Pero, de todas maneras, entre volver a una Argentina aterrorizadora, carcomida por el videlismo y de consecuencias imprevisibles para alguien con un pasaporte tachonado por las muchas estrellas de una residencia en una Patria Socialista y volverse a París, no había en verdad mucho para pensar. Los chinos, luego de negociaciones alambicadas, finalmente le prestaron su acuerdo. Para ellos también el hecho presentaba alguna ventaja, ya que el pasaje hasta París era mucho más barato que un regreso a las antípodas.

Como si fuera grande de verdad ¡muy bien, diez, cariño!, aplausos, tomó sola su decisión y luego se la comunicó a Djagó, quien por su parte le dijo:

—No sabés cuánto me alegra que no renueves el contrato. No quería influirte para nada, pero yo también me voy; el pasado fin de semana llegó mi traslado.

Acto seguido prosiguió con el verso siguiente:

Arreglaría unos negocios en Bruselas como vender un par de Mercedes, pasaría por su Kinshasa natal para ayudar a bienmorir a su padre, le confirmarían su nuevo destino en Madrid para que Laura pudiera hablar español —¿es tu lengua materna, no es así?, le repreguntaba cada tanto—; todo ello no le llevaría más que un par de meses ya que su cuñado ministro, su primo embajador, su hermana emparentada con el presidente, su amigo el general... y ella, pretendiendo creerse que de la única referencia concreta que tiene de él, una cierta abstracción numérica llamada Apartado de Correos en una ciudad tan inhabitual como Kinshasa, recibirá buenas nuevas; traducido, un (precario) *happy end* de las esperas.

15

Pero en el fondo anida un resentimiento desestabilizador y sordo tipo «sí, ya sé, no me dio el número de teléfono de la casa», línea demarcatoria que mamó en su hogar con el uso de razón: gente que tenía acceso tan sólo al número de la oficina de papá y personas que franqueaban andá a saber qué misteriosas pruebas y accedían al reino de felices poseedores del «teléfono particular». Alrededor de los diez años supo también de los sobresaltos y amarguras de la clandestinidad. Marcada a fuego por esos dos países irreconciliables, pero —hoy lo sabe— respirando, nutriéndose uno del otro: País de «Soy tu mujer, la madre de tus hijos», con surtidas variaciones tipo «mirá el ejemplo que le das a esas pobres criaturas», y misterioso país de «las otras». Atorrantas, ellas, las Todopoderosas. Laura las conoció, escondida en un sillón penumbroso del salón comedor para no estudiar el piano. Teléfono. Papá diciendo bajito una y otra vez: «Yo te adoro. Yo te adoro.» Y hace ruido de beso. Muá Muá. Papá diciendo ahora fuerte y sonoro: «¿Con qué número quiere hablar, señor? Pero no, no es ese número, está equivocado.»

Después se acostumbró. Eran los «números equivocados» de sábado y domingo; de cuando papá estaba a ciertas horas muy cerca del teléfono. Y le sube una piadosa marea de tristeza —...si al menos el pobre viejo hubiera sido feliz...—, tristeza va tristeza viene, falta un empujoncito apenas para que dé otra vuelta a su manivela exclusiva de tirarse encima una palada de mierda, otra de dolor, una de mierda, otra de dolor:

—Decime, ¿adónde pretendías llegar con un tipo nativo de Mongo?

—¿Crees que te quiso y quiere? ¿De verdad? Adentro tuyo, ¿estás convencida que va a reaparecer? No jodás, Laura, andá a contárselo a Mongo.

En ese punto empieza lo peor, cuando le trepa a la boca el folklore de las mujeres de su árbol genealógico en línea directa y ascendente:

Abuela a Mamá: —¿Por qué tanto preocuparte si «tu maridito» está llegando tarde? ¿Qué tren lo pisó anoche? ¿Y antenoche? ¿Y la semana pasada?

Mamá a Laura: (Retorciéndose las manos y meneando la cabeza) —Pobre hija mía que nunca tuvo suerte; cuando otras cualquiera que no le llegan a la suela de los zapatos son tratadas como reinas... Mi hija no nació para ser feliz... Mi hija no... (muchos más noes, etc.)

Laura a Laura: —Viste, ¿viste que era como los otros?

—*Vade retro, fémina de poca fe* —tercia, apostrofando, santa Juana de Arco, dorada siempre, sin abandonar jamás su lanza y con sus ojos eternamente en blanco poniendo por testigo al firmamento.

Laura Kaplansky (defendiéndose como sapo panza arriba): —¡Pero qué caradura sos, Juanita!, mirá que meterte cuando tu compañerito de juegos, del alma y correrías era Gilles de Rais, que bien que todavía se las trae, si no fíjate cómo continúa imbatible en la rúbrica *Asesinos más prolíficos* del *Guiness Book of Records*.

Laurita salta valla, afirma su alabarda y su rodela y cabalga al encuentro de Ilusión Belladurmiente, esto es, que el Príncipe Djagó Feliz llegará, encantador, con su prolífico Garrotón Mágico —elemental, querido Watson—, y ella sin esfuerzo, fatiga o descorazonamiento, sin tener que falsificar ficha de pago ni aval alguno, alquilará de lo más fácil su departamentito en París y hasta sería posible... que... de repente... ¡flor de bebé!, por qué no, ¿acaso Sara no tuvo uno tan bíblicamente sanito a los noventa y pico?... y tararea embelesada *si es mujer, ponele Rosa*; no, que se llamará Gala en homenaje a la bienamada lengua materna del progenitor que es el lingam-lingala, pero con cada trote, cada anochecer, los estremecimientos victoriosos de penacho a espuela, la charanga jacarandosa de cuando la despedida se están convirtiendo en el ajado atadito de Snoopy que se va (¿o lo echan?) de casa (la cucha) (De los Apeninos a los Andes y viceversa) y en un muy sordo, bajito y miedoso silbar de ciruja desflecado, a ver qué se encuentra esta noche por las *poubelles* del barrio, pero si bien los compatriotas le pasan el dato que para eso nada como las del distrito 16... una cosa es encontrar algo en la basura por mera casualidad y otra desplazar su regia anatomía al otro extremo de la ciudad con tal objeto... y por ahora madera tocando, a ese punto no llegamos...

Djagó; ¿y si en vez del «poderoso encuentro afectivo» pronosticado —previo pago de dólares cincuenta— por el reputado astrólogo de Hong Kong, ese encuentro inevitable, verdadero, revitalizador que se llevaría en liberadora correntada hasta el mismo Mar Océano, todas las desdichadas veces en que fui La Pobrecita Vaca Mirando Pasar el Tren, El Sapo Asqueroso (en realidad Princesa) Bajo Hechizo Permanente, Las Escamas Culposas de la Sirenita, fueras nada más que una nueva, pintoresca y volátil infatuación?

Fueras lo que fueres, ¡qué carencia, qué flor de abandono, y duelo a consecuencia de falta de nudo gordiano, eje y referente!, ¡cuánto bien me harías!, llegando ¿para quedarme? ¿en tránsito? a esta Ciudad Luz, intimidadora por el rumor de todas las parises-fantasmas que habíamos vivido dentro antes de tocarla —fugazmente, porque no se deja— en carne y hueso (¿sabré alguna vez quiénes son los franceses; pude imaginar acaso a cuánto llegarían los argentinos? ¡qué sé en verdad de los chinos, los japoneses, los italianos, los indonesios, los israelíes que tanto les deambulé sus tierras!, pero, primero y principal: ¿sé acaso quién soy o estoy siendo yo por primera añadidura?) donde al principio me sorprendía y aún en parte me sorprende por el provincianismo que traía y todavía traigo puesto, pero menos, debido a que la edad es un inmejorable despelador de capas de cebolla para los mitos, que la gente se recele tanto como para encontrarse anuncio clasificado de por medio; cada vez más sofisticado el desaliento: terminales de ordenadores por vicio capital, color de piel, temores, barrio y profesión.

Si bien otros periódicos también cobijan esos SOS rabiosos y desesperados, *Libération* tan sólo los privilegia los fines de semana, para que así estos burgueses chiquititos abriendo paso a su ilusorio reviente dominguero se defiendan de caer en el hoyo negro. Semánticamente no deja de tener sentido.

LENGUA DE TERCIOPELO. Morocho 38 años, muy acariciador, desea encontrar mujer supersensual, deben encantarle las caricias de lengua, muy clitoridianas y lesbianas. No se abstengan las parejas de cualquier tipo (sin penetración). También deseo relacionarme con travestis y transexuales con tetas grandes. No soy impotente, al contrario, muy viril. Mujeres viciosas y dominadoras bienvenidas. Anuncio serio. Se contestan todas las cartas. TARDAT. PR 95610 Eragny-sur-Oise. La Challe.

QUERIDOS: SUEÑO CON HACER EL AMOR sobre la tumba de Abelardo y Heloisa con un desconocido. Prevengo inmediatamente: coger, no. Lo que llamo hacer el amor en los libros se denomina «preliminares». Esos preliminares a mí me alcanzan y sobran. Si estás de acuerdo, encontrame. No doy cita fija para que no me acosen, pero voy seguido por allí. Será entonces hasta que nos encontremos.

MAESTRO JAPONES. Señora, si quiere que la aten, le den con el látigo y la humillen, escríbame, soy muy severo, puedo proporcionarle castigos y suplicios deliciosos y muy exóticos. Su foto me es indispensable. Según los casos, podría incluso desplazarme. Número de referencia: 2411137.

AGRACIADA JOVEN DOMINADORA busca con urgencia esclavos/as domésticos (eventualmente sexuales). Preferencia a personas muy motivadas. Escribir al periódico, referencia n.º 2411012.

¡Qué despierta la Agraciada procurándose mucamas/os de manera tan tramposa y amarreta! Aunque por Buenos Aires también nos la traemos, y bajito, la matamos callando; allá lejos

19

donde nada detestamos tanto como llamar a las cosas por su nombre (¡si no, a quién se le podría ocurrir que la sangrienta dictadura y la inocente palabra «proceso» pasarían en la historia argentina a ser sinónimos o que el muy normal verbo desaparecer significaría, y en muchos lugares desgraciadamente aún lo significa, ser sometido, en calidad de víctima, claro está, al más salvaje arbitrio del aparato represivo estatal!) les decimos simplemente «muchacha para todo servicio» y aún hay avisados familiones que recogen apetitosas abandonaditas en el Benemérito Buen Pastor. El resto del folletín ya ha sido muy descrito para levantar pancarta, que de paso la levanto, por las criaditas que sirven por toda Latinoamérica de iniciación, práctica y vaciadero de urgencias sexuales de los «hombres» de la casa, recibiendo luego a cambio de los patrióticos servicios prestados un/a «guacho/a» y generosos puntapiés en el sobado culo. Aparte.

Pero mirá ése que encontrarle regocijo a franelear entre los muertos, con el frío que hace... ¿Te fijaste además en las derivaciones alcanzadas por el prestigio del nipónico Zen? Y no me digas; a esta altura Lengua de Terciopelo se habrá pescado más que llagas una aftosa pampeana que ni te cuento. ¿Vos qué opinás?

—y... yo argentina... —expresión que se murmura bajando las comisuras de los labios, alzando los hombros y realizando gesto de lavarse las manos; siempre tan lenta para todo, riéndome tarde o nunca de los chistes, creyendo, cuando todas las nenas del grado estaban *avivadas*, todavía en los Reyes Magos, esperando en consecuencia que el Rey Djagó el Mongolés me lleve de la mano (ya que me lo prometió) al Armenonville, un poco por exhibición de tan regia compañía, otro por fidelidad al tango, gran añorador de Armenonville y también porque mucho *Tres mosqueteros*, novela tan amada, trascurría por el Bois de Boulogne de alrededor, pero mi precario París es casi de extramuros; estoy en París porque seguido las radios libres me desayunan con *ne me quitte pas*, como para que yo no pierda el hilo del discurso, pero me repita en carne propia que París es gris, tan gris que es el único lugar del mundo donde un pintor se puede llamar Gris, embadurnarlo todo del color homónimo y sin embargo conquistar el mundo; allá ellos, yo, dale que dale tiendo un arco iris al Ecuador, línea de, donde Laureles que supimos conseguir se encuentra en estos momentos, y ya largué prenda y canté emocionada tu nombre y puerta que lleva/riola hasta tu respiración que llenaba de orgullo las paredes de mi casa, pero estas páginas se irán transformando, qué remedio, en una extendida conversación con Otros Laureles que supimos conseguir o Malperder, porque siempre hay algo y alguien del otro lado de la línea del teléfono, con respondedor o sin, ya que por eso existen los tam-tam del abecedario morse del esplendor, quiero decir melancolía causada desde tan lejos, que el corazón, disfrazado de Dama Antigua, pide disculpas por lo erosionado de estos últimos términos, qué se le va a hacer...

*   *   *

Si Jean Rhys viviera todavía en París, y Laura se hubiera encontrado en la buena, seguro que le habría mandado una devota tarjetita: «¡Tantísimas gracias por lo bien que escribe, Señora, y muy feliz Año Nuevo!», pero se nos murió en el 80 y ella leyó por primera vez un cuentazo de la Rhys por el 81 y la razón por la que se detuvo a hacerlo fue que en la didacticona revista literaria mexicana donde la publicaban, las cuatro líneas de presentación informaban que había nacido en Martinica y sin más se le antojó que sería negra, entonces leerla implicaría saber un poco más sobre la negritud, y por tanto acercarse aunque más no fuera de manera tan torpe a su nunca bien ponderado Djagó, zaireano y mongolés.

Y por esa avidez de seguir en argumento se devoró también un par de novelas del nigeriano Amos Tutuola que tampoco está nada mal, al contrario.

Laura lamenta que aún nunca le haya tocado fibra sensible

21

australiano alguno, porque no le vendría nada mal cubrir su bache cultural y motivarse para leer al Patrick White, pero ese es larguero, así que debería tratarse de una verdadera pasión y no de una aventurita de si te he visto no me acuerdo, pero como en materia tan caprichosa y oculta como es el tembladeral afectivo nunca se sabe, armémonos de fe, paciencia y a esperar nomás que un día de éstos la tenemos largándose a Perth, quién les dice.

El cuento con el que se inició en la Rhys tenía por título *Fifí la grosse*, y aunque todos saben que su nombre es Laura a secas, a veces la llaman así, *La gorda Lauri*, o simplemente *Lagor*, y ni siquiera por detrás sino también delante suyo —cosa que me duele bastante, pero tengo que hacer como si para nada porque dicen que es cariñoso.

Pero un día de éstos me voy a cansar y no lo permitiré nunca más ni tampoco penaré por el mundo suspirando en tiempo condicional (que tanto se filtra para las navidades y con desaliento), eso es, de cómo sería todo un rato de la acera opuesta, la de los flacos para siempre que nacieron con ojos azules y mucha guita proveniente de los negreros o próceres familiares (que para el caso da lo mismo) que nadie echó de ningún lado ni a sablazos los cosacos de Kitchinev tampoco. Me conozco mascarita, a continuación sigo con: «¡qué vivos, así cualquiera!», y de mal en peor podría tener cuerda para un siglo, por lo menos, así que mejor pararla.

En cuanto a la Rhys, después se fue apasionando por el París de Montparnasse y Pigalle en *Buenos días, medianoche* y *Cuarteto*, y Laura supo ya que Jean no era negra sino muy británica y que la tuvieron olvidada por más de veinte años sin saber siquiera si estaba viva o muerta y cuando la redescubrieron en un departamentito a pocos pasos de la BBC, allá por el 66, empezaron a lloverle premios nacionales y de los otros. De pura mala conciencia. La Jean, cuando fue a recibir uno de ellos, les dijo simplona y ya ni siquiera con rabia o triste: —Un poco tarde, ¿no les parece?

Todavía le queda por encontrarse con su *Vasto mar de los Sargazos*, pero será para cuando pueda, se lo presten o se lo autorregale. Pero con Jean nos conocemos y la compro —dice Laura—* a libro cerrado.

* * *

Manifestación de la ráfaga de abatimiento (casi) cotidiano. Reflexiones ejemplificativas:
—Diferencia del domingo con el resto de la semana: el domingo no espero cartas. Con el teléfono da igual.
—Quisiera rebajar de caderas. Imposible, porque todos comen, pero sólo yo engordo.
—¿Qué tiene que ver conmigo el payaso del espejo?
—¡Cuánto hace que no me río!

* * *

Laura nunca vio negros en el metro tirando la manga, en cambio sí muchos latinos que desfilan con guitarras, títeres y un surtido tipo de parafernalia folklórica aporreando de estación en estación *guajira guan-ta-na-me-ra*, luego *mo-roen-un país tropical* y sombrero más que veloz: *purrla musik, mersí.* A veces venden bichitos variados de plástico por Les Halles, Beaubourg, Montmartre o Saint Germain des Pres. Los senegales regentean el ramo de chucherías de cuero, idolitos de madera, anillos, pulseras y collares de fantasía por Saint Michel, Trocadero o la Torre Eiffel (la pesada pasaba drogas en el Islote Chalon, entonces

---

* *N. de Laura.* Jean Rhys retribuyó el apasionado entusiasmo de la autora, dedicándole en *Vasto Mar de los Sargazos* esta frase, harto significativa: «*Anything might have happened to you, Louise, anything at all, and I wouldn't be surprised*» (Cualquier cosa pudo haberte pasado, Luisa, cualquier cosa y no me hubiera sorprendido.) A mí, tampoco. Merci, Jean. (*N. de la A.*).

rápidamente lo demolieron y los muchachos andan cambiando barrios). Clasificaciones de la manga, clasificaciones de la erosión.

Es que hay que encasillar a los vinientes, a los expulsados de su país y rechazados en el que llegan con una estampilla discriminatoria indeleble de subestimación que los vuelva tolerados, nunca finalmente admitidos.

En París el metro lo limpian oscurísimos todos (curioso eso de que el inconsciente de las metrópolis esté confiado al cuidado y mantenimiento de los negros, ¿verdad?); las casas, en cambio, las friegan portuguesas. Los árabes a las fábricas y sin hacer escándalo, bochincheros. Cubiertos vamos con el estrecho sambenito *sale étranger*; extranjero, mal bicho. Francia para los franceses; Francia se está convirtiendo en el vaciadero de las basuras del mundo entero y no lo podemos permitir. ¡Y qué pretendemos de la mayoría silenciosa, si hasta ni el PC nos quiere! Pero asistamos a mucha fiesta de solidaridad por Timor o cualquier otra isla de brutos bien lejanos.

Y cada grupito, esforzándose en dar de comer a los patrones de la vereda; restorán vietnamita, antillano, tunecino, griego, judío, argelino, coreano, chino, indio, para que los galos perfeccionen su proverbial gusto por las delicadezas exóticas.

Laura asoció entonces con los prejuicios de su Patria tan Remota, donde los japoneses son sinónimo de tintolelos y flolistas, los judíos rusos de mierda, los turcos benden beineta buena y barata, y los griegos cigarrillos y caramelos. Pero en todo el mundo: ¿por qué, nene si te portas mal, viene la gitana y te roba?

Un mapa al que se clavan banderillas en carne viva de la gente que sigue andando por pasión de sobrevivencia, con la dureza del exilio a cuestas. Y abran paso, señores, que vienen los rejoneadores. (Cada pueblo tiene su par de nazis como Le Pen propios y en riguroso ascenso, faltaba más.)

La quita abruptamente de estas reflexiones Cristiana Pascal, joven y voluntariosa jefecita del Departamento de Comunicación del Ministerio de Urbanismo, única francesa (pero algo es algo y peor es nada) entre las cinco mujeres solas que se encontraban en un café decidiendo dónde ir a cenar porque era viernes a la noche y algo había que hacer. En París, llegadas las ocho, no es cuestión de continuar charlando en un bar; apresuradamente hay que irse porque en la versión gala que no galaica de la Biblia alguna ley severa debe ordenar que ese es el instante preciso y límite: o se come, o se come.

Cristina propuso, levantando la voz un registro más alto que su tono habitual, que nada de chinos, que comieran francés o, a lo sumo, italiano. Sus aprensiones tenían origen en que le habían dado como cierto que los restorantes chinos del barrio trece cocinan a sus muertos y los sirven en las sopas, «¡o en esos platos de ellos!».

Total, como no había dicho que peruanos, argentinos o judíos condimentaban las empanadas o los *guefilte fish* con dedos gordos de los pies de vírgenes quinceañeras, protestamos débilmente, lo tomamos como chiste y balzaquianas y cuarentonas en dulce montón transamos en morfar griego, pero albóndigas no, por las dudas.

La prensa, en cambio, siguió bombardéandonos un tiempo con los rumores sobre la falta de muertos en los inmigrantes asiáticos: ¿osarían emplear la documentación de los difuntos para hacer ingresar ilícitamente al país a sus parientes? El Ayuntamiento local recogió esta preocupación ciudadana e investigó el tema y comprobamos, aliviados, que los chinos se mueren como cualquiera de nosotros. Aunque no lo crean. Cada tanto alguna minoría es objeto de una historia tan entretenida como ésta, cosa de que no olvidemos quiénes son los locales. ¿De acuerdo?

* * *

A Laura, que tiene el sueño difícil y miedoso, nada hay que la joda tanto como que las Princesas de la Compulsión Telefónica la tomen de blanco nocturno de sus correrías.

A través de larguísima experiencia aprendió que son raras las Compulsivas mañaneras; como las boas, con la luz digieren y descansan. Empíricamente también sabe cómo distinguirlas, ya que a todas las especies de esta raza les cabe esta definición: «Tubeo, luego existo.»

Por la noche, la campanilla siempre la estremece: ¿Se tratará de algún maníaco amenazador? ¿Le anunciarán alguna desgracia familiar irreparable?

Mira el reloj. Son las dos y cuarto de la madrugada; atiende. Comprueba que es Mónica, la hija veinteañera de una pareja amiga.

—... te llamo porque tuve una visión espantosa; sentí que me latía el cuello, como si me estuvieran por estrangular y yo, paralizada; entra viento por una ventana medieval, oigo voces, siento que irrumpe una presencia vestida a rayas, con algo parecido a un poncho para que me entiendas, yo no podía verle la cara hasta que bajé la mirada gritando: Señor, ¿quién eres? Entonces todo se aflojó, me desperté y recién me empiezo a tranquilizar; ¿vos qué pensás?...

¿Qué secreta piedad impide a Laura mandar a esta carterva de chupasangres al carajo? ¿Por qué no les para el carro? En seco. ¿Qué gratificación obtiene de este manoseo y martirio? ¿Por qué en vez de un cortés, firme, pero real «llamame mañana que estoy durmiendo, ¿querés?» responde al imperativo:

—Pero Laura, decime, ¿estás ahí? —mascullando algunas incoherencias aceptatorias mientras Mónica se apresta para el zarpazo final, atiborrándola de paso con sus malestares semanales, de los cuales Laura retiene cada tanto algunas palabras que le permiten hilar la tónica argumental:

... ayer me desmayé... vértigo... como si me despertara golpeada... sobre todo me preocupan las náuseas... pero no, Gordi, creeme que tomo la píldora... aparte, tengo que preparar una clase sobre la China de Claudel y como vos volvés de por ahí, pensé que me podías dar una mano, ¿verdad que podés?

Y la imbécil se oye aceptar.

Después mira por la ventana la noche parisina, casi siempre

cerrada. Si tuviera estrellas, a la noche y a Laura les calzaría como un guante las dos líneas de Safo; las de la belleza y la congoja, las terribles:

Es medianoche. Se ocultan las Pléyades.
Y yo sigo durmiendo sola.

Capítulo II

Performance

¿BE DE BAGRE O BELLA?

Baqueteada como baobab en el desierto, barajó sus posibilidades, admitió que amaba a una inerte sabandija, que la empresa no merecía batalla tan vehemente y menos aún armando por añadidura semejante barahúnda.

¡Qué ignominioso baldón, cuánto la ha baldado! Qué bárbara barbarie acudir a tanto barbitúrico porque le hizo saber que de barragana, no da más, pero... bueno, vistos de afuera los bajones ajenos tienen causa baladí. Bañada en malos humores, en el banquillo de los abandonados, cavila que te cavila y en verdad no es bagatela la balacera que está recibiendo por tremendo badulaque. Ella, la del bagaje y bagazo de tristeza. Para no blasfemar, bromea:

—Deja de estar en Babia, Babieca; bájate de la babirusa y búscate un bulín. Mejor ser babosilla vivita y culeando que heroico bacalao en deliciosa bouillabaise. ¡Ay!, si me oyera el que decía «mi tierna bayadera será el báculo de mi vejez...»

Decídete bandolera; ¿finalmente huyes a las Baleares o te refugias en los Balcanes? A babor de la balandra, ¿hasta cuándo le tañerás baladas con la balalaika?

Ella, apoyada en la balaustrada, de Barba en Barba, azul, violeta o roja, piensa que *es hora de que lleguen los bárbaros*; quién sabe, esa gente trae consigo la única solución.

Mientras tanto, véanlo a don Bustos Buenaventura (finjamos que ese sea su nombre) consecuente nativo de libra, con la tradicional balanza Roverbal en mano, cómo balbucea, incluso bala, pero niega su propia bancarrota.

Admitamos que el benemérito tiene sus bemoles. ¿Incendiará la barraca? ¿Liará sus bártulos? No creo, porque *para bailar la bamba* o el bambuco mecidos en el bananal *se necesita...* ¡mucha balística, baluarte y bastión balumbo!, y a él, para familiarizarse con La Blanca o si prefieren La Dientuda, le basta apenas con leerse de pasada algo sobre los basiliscos o la Científica Basilio.

En suma, *el caimán se fue para Barranquilla,* los bohemios abandonaron el Barrio Latino, pero los funcionarios, cuándo no, hibernando están en alguna Bariloche, bien burguesa, cómo no. Tú, baldosa floja, bruma y broquel de la vida mía, bárrete hasta de mis bronquios, así fingiendo ser bacante intentaré beber un merecido bálsamo en las ruinas de Baalbek.

A bastonazos en el bautismo, el coro de brigantes canturrea: «Burladora befa para nuestra Berenice, pues en verdad amarga ha sido de Don Bustos la bajeza.»

Puntual, *le beaujolais nouveau est arrivé.* Libemos pues las sonrisas de Bergman en el solsticio de verano y repitamos el gesto para la bullanguera trilogía de Beethoven, Bernini y Bellini, pero si la finalidad de tamaña borrasca es borrar al barbicano, prueba belladona belladama, beleño de Belice o brezos de Belén y rocía luego todo con bencina; es infalible. Ya me contarás.

Acúname la zozobra, ángel, con una *berceuse:* «El ballestero (del mal galardón) matóme la palomita que me cantaba al albor.»

¡Qué bestial barrabasada, estar en pleno barranco por haberse enamorado de un bastardo, una bazofia. Un boludo. Cambia de clave, clavelina, y guarda en el baúl a tu batracio. —Sin embargo, Buenaventura Bustos, ya verás, toda bofetada es un boomerang y el amor una bufanda y las floridas begonias todas.

Entonces la enmascarada Berenice, para huir del bloqueo, se da cita en el Café Bonaparte con la consabida banda de borrachos: —Harta batahola armé por un baturro —se dice—, ni que tuviera el bastoncito de oro.

En el bar hablan como siempre del arte bizantino, la inflación en Buenos Aires, la caza de la ballena franca, si el beige está de moda, si Torre Bermeja está en compacto por Benedetti Michelangeli, y para comer piden besugo con ensalada de berros y la especialidad, berenjenas en escabeche; de postre, bergamotas, porque es la estación. Para blanquearse el luto, Berenice se trepa al belvedere con un belga muy afecto a los *Poemas de la berlina* y al byronismo. Pero cuidate —previene el coro— de los lanceros de Bengala y los corsarios berberiscos, no vaya a ser que reatrapes el beri beri, madrecita. Y, adiós, adiós; mis besitos para el Bey.

¿Be de bagre o bella?; mayúscula Be de Beata Bendecida, de Beatriz pero sin Dante en lontananza, solo un bibelot bicéfalo pero bien buitre el bicho, que pena y vergüenza da hasta de incluirlo en la bibliografía. Paréntesis estilo Blondel: Bienamado bifronte, tanto has pensado al bies, que desdicha nos llegó en la hora de los senderos que se bifurcan.

El Baal Shem Tov bebe té con buñuelitos y reflexiona ante las brasas en el homónimo Bodegón de la Buena Fama, y diligentes, Borges y Bioy recogen el reto y el boceto. Afinan de una vez la bordona y guitarrean pasando de Bárbara de Braganza a Bismarck y terminando, cuando no, con recuento de bezoares efectuado por brahmanes, ¡ay!... bramando en el Bramaputra.

El Baal los amonesta: «Borroneadores, rememberad que Baltasar muy Gracián nos advirtió que lo breve dos veces bueno y nunca, pero nunca, *non bis in idem.*»

Así que... luego del bostezo ¡abur!; borrón y cuenta nueva.

Atención, ahora vienen bolazos y brumazones del coro, dividido en estrofas, antiestrofas, etcétera:

Berenice, toma las bridas de Británico, no te quedes en agua de borrajas, ponte brillantina y ya verás —puedes bocinarlo, no es brujería—, cómo los brillantes conservan la amistad.

30

Echa por la borda perfidias y fidelidades de Penélope la bordadora, y díselo de ahora en adelante, para siempre: tu blasón me importa un bledo. Ni siquiera te mejoraría el galope del caballo bayo porque tu belfo es de burro, mi bellaco.

Bleque, brea y betún, otra manita de bleque, y brocha gorda de brea y de betún.

No compres más buzones ni andes repitiendo que echaste los bofes por ese bogavante.

Berenice, en lírico solo de bandurria: Compréndanme, obré de *bona fide*, me hizo la boleta y ya no me da bola.

El coro, contemporizador: Tómate una infusión de boldo, que te tranquilizará; luego estudia las andanzas de los bolches y los menches, y para rematarla borronea algún poema sobre la planta de boj y el bol de arroz. Pero a solas, tú, que nunca bailaste un *boogie*, cántate bajito el bolero *bésame mucho*, porque sabes que con esta balada será la muy última vez.

Ay Bere, Berele, pensar que por su diminuta bijirita tanta bilis. Refréscate en el bidé, que sus bigotes de bígamo no los tendrás ni en año bisiesto; ¿sabes que encima de muy bisexual tiene más estambres que pistilos? Eres boba a la enésima, bisnieta mía, para penar emocionada por tan módico *bluff*, enmudece como Belinda y blinda tu puerta a prueba de Belcebúes y Braguetones.

Cada tanto permítete una tregua para alegrarte boquiabierta viendo La rendición de Breda, con fondo de brandenburgueses... más tarde, ¿qué tal una yapa de bienquerencia con un barítono que te barnizara los malos sueños al son de una dulce barcarola entonada en el bailadero Biblos... pero de Bali?

Berenice, melódica, detrás del biombo: Bronca tengo porque veo que burla burlando me han birlado mi muy amada bisectriz. Bióxido, bisílabo, bifenilo policlorado, bífido de boa es tu nombre que me deja sin voz, abandonada sin tus blues en el bohío. ¿Te acuerdas cuando me dibujabas buganvilias en el plexo solar, bizarro mío?

Pero colorín colorado toda buena esperanza se acabó en la mesa de billar y el resultado es un modesto andar y venir de muy burdos billetes falsos.

Para terminar con el coro, todos a una: ¡Qué bochorno padre este bochazo! ¡Ay ay ay, Berenice Berenice!; los bardos y Baruj, ¿de tí, qué pensarían?

Lamento final y regresivo de (Laura Beatriz) Be-re-ni-ce (Kaplansky):

De golpe, mi torpe veterinario regresó a su primera boticaria dejándome sin la juramentada boda. Ni siquiera el budismo me atempera la grave pérdida del brazo de mi abrazo. En cuanto a ellos, ¿terminarán jugando al bridge con la prima Viridiana? ¿Se broncearán en Brasil aprovechando a los cuñados?

¿Quién le teme al Gran Bonete? Ni el boy scout ni el botellero. Solo yo, en la buhardilla de mi propia vida, con bruñida bulimia amorosa perdí la brújula. La pura bufonada. ¿Y encima, pelearse por una bóveda? *¿Vámonos a vivir de brisa*, como el poeta Bandeira, Manuel, decía?

Bravo, bravo; pero no dejes fuera del discurso a los braceros arrimados al brasero, recibiendo eternas biabas de botas y borceguíes.

No, si yo siempre aprovecho la bolada para reconocer que en mi casa nadie tuvo oro en la bolsa de la vida y que mis primeras bombachitas y últimos calzones son de burdo bombasí.

En el duro insomnio cuento bultos: un balero, dos bueyes, tres barcos, cuatro búhos, cinco brutos, seis búcaros, siete bufones.

¿Y si nos reencontráramos para besarse nomás, mi besante, mi tan besado?

Amémonos, que pronto los sudarios son. Amémonos, el resto puro y volátil blablablá.

Telón. (Los aplausos los recoge Buenaventura Bustos, a quien muy barato le cuestan ya que ni siquiera tuvo que decir por ellos: Esta boca es mía.)

CAPÍTULO III

CASA f. (lat. *casa, choza*). Edificio que sirve de habitación: *quedarse en casa*. Conjunto de personas que viven juntas: *una casa numerosa*. Conjunto de los asuntos domésticos: *esta mujer gobierna bien su casa*. Descendencia, raza: *una casa soberana de Europa*. Cuadro o escaque del ajedrez, de las damas, etc. *Casa de campo*, casa fuera de poblado que se habita durante el verano. *Casa de Dios*, la Iglesia. *Casa de huéspedes*, aquélla en que mediante pensión se da alojamiento y a veces comida a los que en ella viven. *Casa de locos*, asilo donde se custodian las personas atacadas de locura. *Casa de tócame Roque*, aquélla en la que hay mucha confusión. *Casa de vecindad*, la que está dividida en muchos aposentos distintos y donde habitan varias familias. *Casa mortuoria*, casa donde ha muerto alguno y de donde sale la comitiva para ir al entierro. *Casa solariega*, la más antigua y noble de una familia. *Casa de corrección*, establecimiento de detención donde se encierran los jóvenes que su corta edad impide llevar a la cárcel. *Casa de fieras*, establecimiento donde se custodian fieras para instrucción y diversión del público. Fig. y fam. *Echar la casa por la ventana*, gastar con exceso. *Estar de casa*, estar vestido con llaneza. *Poner casa*, tomarla y amueblarla. *Ideas afines*. Sótano, basamento, entrepaño, adarajas, imposta, lima, cresta, pie derecho, antepecho, mainel, parteluz, tragaluz, buharda, consola, arco, clave, salmer, dintel, mitra, cañón.

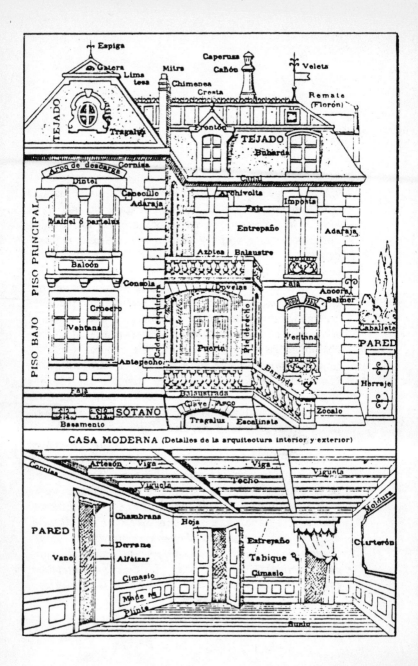

CASA MODERNA (Detalles de la arquitectura interior y exterior)

París y la búsqueda de departamento, que aquí llaman *studió*. Durísimo. Lugarejos más o menos sórdidos; una pieza generalmente poco soleada, a veces sin baño, otras sin cocina; otras sin baño, cocina ni ascensor, pero sobre todo según el precio, el barrio y la paciencia de acero necesaria hasta distinguir la aguja en el pajar.

El folklore dice que hay que comprar *Le Figaro* al amanecer para ser de los primeros en visitar lo que anuncian los clasificados de ese diario; la corriente renovadora insiste en que mejor esperar los jueves, día en que aparece *De particular a particular*, y entenderse directamente con los dueños, sin intermediarios; después queda también el ala romántico-conservadora de quienes afirman: «La única manera de conseguir casa en París es hacer correr la voz entre los conocidos, si no pueden pasar años antes de que consigas instalarte. Mírame a mí, de no ser porque me avisó Fulanito (que lo supo por la panadera) que justo al lado de la casa unos vecinos se iban a Groenlandia... todavía estaría buscando.»

Luego, resta franquear un paso para encontrarse en medio del penoso vareo por inmobiliarias surtidas, llenas de *pistas falsas* desalentadoras; que la garantía no sirve, las fichas de pago tampoco; que a extranjeros no porque el dueño tuvo ya la experiencia con unos argelinos y ahora sólo quiere alquilar su casa a empleados, nativos, sin chicos ni perros. La mayoría de los habitáculos que restan disponibles son francamente invivibles.

A través de los departamentos visitados, sea por ver si lograba alquilar alguno, o porque poquísimo a poco se le fueron abriendo algunas puertas gálicas, si no pura cepa al menos con algún porcentaje respetable, comprobó la pasión francesa por el papel pintado. Nada como concentrarse en un tema para atar cabos o iluminar el contexto; así, Laura reparó en la cantidad de negocios que dedican su comercio exclusivamente al empapelamiento. Porque como empapelar... lo empapelan todo. Desde la cocina a los servicios, pasando por la sala de baño, esta última más salteado, pero que como verlas, las vio. Y pensó que ése era el círculo perfecto para el asunto empapelario, a poco que el personal se bañe, una que otra gotita salpica, las florcitas destiñen e inevitablemente se van levantando en tiernas capas de moho verdinegro de tal manera que pronto darán una buena excusa para zamparles encima... una prometedora capa de papel pintado, con algún motivo floral más a la moda. Esto permitirá al propietario elevar el monto del alquiler al nuevo inquilino, quien algunas veces emprenderá la estoica tarea de desempapelar el habitat proporcionando así un poco de trabajo a connacionales con los que luego acabará peleándose a muerte por las modalidades de pago cuando no por el pago mismo. Por lo general el resultado suele ser el trabajo abandonado a medio camino. Entonces los latinos inquilinos continúan ellos mismos las tareas dando lugar a largas instalaciones precarias y en vez del vernáculo «este fin de semana cambio el empapelado del departamento», los nuestros profieren sufridos «y... todavía estoy pintando» o, más simplemente: «Estoy en obras.» Sobre gustos...

Después, también están las experiencias transcurridas en las casas por las que se deambula, siempre con las valijas a cuestas y bolsones de plástico con cosas y más cosas que inexplicablemente se van adhiriendo a nuestro tránsito.

Por ejemplo, los departamentos de Raúl el Yeta, antiguo PC nativo y ecléctico polígrafo —ahora merodeador resentido de la cultura y amargo bebedor—, y de Moncha, errático talento coreográfico; sucesivas postas por las que Laurita fue viviéndose mientras amortizaba el derecho de piso indispensable, exigido a su idea de intentar no sólo vivir sino sobre todo escribir en París.

Ambos, profesionales de la derrota; pero bajo la primera capa de barniz, una lente sagaz revelaría sin mayor esfuerzo vocaciones en las que refulgirían: desaprensivos incendiarios o pequeños monederos falsos.

Compatriotas que en un juego sadomasoquista vampirizan a otros conciudadanos recién desembarcados en Lutecia y que les caen recomendados de tercera mano; pretendiendo que el nuevo inquilino les pague los platos rotos de sus cuentas atrasadas reales y del imaginario que cada tanto les pide un chivo expiatorio de la

36

propia ciudad y si es posible de la misma generación, tanto como para ir tirando. A todo esto se agrega que después de no·sé cuántos años de residir en Francia no se animan ni se atreverán nunca a vivir solos y en paz entre sus cuatro muros.

Siempre acumulando lo que les va dejando la gente cuando ya no da más y se larga, cosas que ellos nunca tiran y configuran una gran masa heterogénea de basuras. En realidad tienen el sueño de la pensión o conventillo propios; hurgan en los paños menores de los subinquilinos a los que eufemísticamente llaman «amigos con los que comparto la casa»; consumen las sobras de alimentos y bebidas compradas por los otros (las batallas por zonas del refrigerador suelen ser notables) y se quedan con libros en cualquier idioma que ellos ni siquiera leen, diarios, revistas y cachivaches desechados por inservibles. Las relaciones terminan siempre mal a causa de las cuentas del gas, de la luz, pero sobre todo del teléfono, ya que el sublocatario para vengarse de las vejaciones sufridas los últimos días, antes de mudarse, se manda unas cuantas llamadas larga distancia que considera compensatorias. Los sucesos en cuestión generan siempre una ola de comentarios a favor y en contra por parte de los mutuos conocidos y amigos de cada uno de los involucrados en este tipo de anécdotas.

Párrafo aparte merecen los paranoicados de la city. Laura tiene en vista, por ejemplo, un departamento que ni soñado, frente al Luxemburgo dejado de apuro por una peruana becaria y cuarentona que tuvo que esconderse en el de otra peruana conocida porque un francés la tiene amenazada con matarla y ella... ella no lo ama lo suficiente como para irse a vivir con él. El tipo se le había caído —cuentan— con una granada y estuvo jugando con el chiche encima de la mesa.

Después de varias citas frustradas, Laura y La Becaria se encuentran para que ésta le muestre el departamento. Regatean por el valor del sofá, un par de sillas y los estantes que La Becaria quiere dejar a cambio del precio que exige como llave. Negocios son negocios. ¿Laura podría darle el importe ya mismo, en contante, y ella arreglaría todo en un par de días, obteniendo el consentimiento de la dueña? Le urge comprarse el pasaje de inmediato y volver al Cuzco para respirar tranquila ya que teme por su vida. Laura dice que de acuerdo, pero apenas la dueña otorgue el sí y ella le entregue las llaves.

De La Becaria, nunca más se supo. Cuando días más tarde Laura finalmente dio con La Peruana Conocida, se enteró que luego de estar asesorada por sus amigas, había decidido que la operación del traspaso no podía realizarse de ninguna manera con Laura, porque sería muy peligroso para ambas, ya que cuando el tipo viniera a buscarla, cosa que seguramente haría tirando la puerta abajo, al darse cuenta de que Laura también era latinoamericana, se las tomaría con ella para que le dijera dónde estaba La Becaria, y Laura seguro que le informaría todo ya que el francés siempre andaba armado. Y además la dueña no estaba de acuerdo.

Por casualidad, tiempo después Laura se enteró que el departamento en cuestión había sido transferido sin problema alguno a una empleada de la Embajada argentina que había pagado ese mismo día cinco mil francos más de la cifra estipulada con Laura. En cuanto a La Becaria... continúa siempre sus tormentosas relaciones con el policía francés siempre tan casado, tan poco dispuesto a divorciarse... y ella... tan, pero tan angustiada.

Pero julio y agosto son meses relativamente fáciles para permitirse un respiro y buscar con tranquilidad, porque los amigos se van de vacaciones y siempre se encuentra alguien que presta su casa con tal que le cuiden el gato y le rieguen las plantas, pero mientras Laura se está acostumbrando al nuevo lugar, la gente vuelve y reinicia la odisea.

* * *

Domingo. De tardecita. Una turista canadiense de veintipico admira con su hermano las maravillas de Notre Dame. Otra joven parisina, también de veintipico, decide que no hay nada que admirar en Notre Dame ni tampoco en París y se tira de la saliente más alta, cayéndole encima a la canadiense. Las dos se fueron en el acto. ¿Qué cielo, habrá reunido ahora a estas apasionadas veinteañeras?

* * *

Lunes, ya que es día de reducción en el precio de las entradas: *Puro biógrafo.*

En pleno centro de Tokio, Roppongi, los cuervos revoloteaban a cualquier hora, pero los más impresionantes estaban apiñados, arracimados en unos árboles secos y retorcidos en medio de un lago artificial en el Parque Zoológico de Ueno/ los cuervos siempre me dan escalofríos de miedo/
en las películas con desierto, la primera señal de que alguno se está por morir, está dada por los cuervos revoloteando en círculo, bajando gradualmente, secuencia por secuencia/
«cría cuervos», le decía papá a mamá cuando me reprendía, «cría cuervos y te sacarán los ojos» era el remate filosófico final de los discursos paternos sobre la juventud en general/
«cría cuervos», asintió entusiasmado el productor de *La Balada de Narayama* frotándose las manos con codicia, «y hagamos que se coman a la madre, ya que madre hay una sola. A los occidentales les deleitará el tema.»
Y efectivamente, se llevaron la Palma de Oro del Festival de Cannes, regresándose al Parque de Ueno con una carretilla de golosinas para cuervos, que siempre sirven para otra vuelta.

* * *

Cantilena solitaria de Laura hacia Djagó:
Todo está como era entonces: De Pe a Pa, de Pekín a París, yo esperándo(te), al lado de todos mis teléfonos, horas y más horas

nutriendo la esperanza de que me encuentres a través de la maraña de los cables submarinos, los satélites, los timbres y cerraduras de las casas, toda una enrevesada historia de inventos de la humanidad; Edison, Thomas Alva, la Compañía de Mister Bell para que Yosita, *al don pirulero*, atienda mi juego de esperar; sentada, paseándome a lo tigre, acurrucada, haciendo como que duermo, fumando, sirviéndome copas que fueron variando según las épocas de la vida de bebidas blancas, bebidas color miel, bebidas rojo sangre en honor de señores más o menos viriles, más o menos barbados, de todas las razas, todos los continentes y bastante subido el número de sus respectivos dialectos y terruños, pero nadie como vos (casi) para decirme emocionándome desde los sesos al caracú *ma chérie*, lo que es justo es justo y al César lo que es de él, y para bancarme el plan(k)tón me dejo crecer musgo de las cejas, me amontillo, les permito creer que creo que me quieren merodeadores de la cultura, de la vida; señoritos, señoritas y señorones, mirones en verdad aterrados de querer, porque el riesgo de jugarse cuerpo a cuerpo es peligroso, *tras cartón está la muerte*, la dichosa armonía de las estatuas griegas puro cuento y la gente de verdad a veces repta, otras tienen escorpiones en las uñas de los dedos de los pies y así vamos tirando; cuántas curvas, elipses y parábolas a falta de ponerte un dedo de oro en el ombligo y colarme hasta donde empieza la tierra, que es el punto final, punto cero del paraíso perdido y la inocencia, es decir que las ganas de abrazarte están en plena retirada, cubiertas por el miedo (que no es zonzo) a reconocer los síntomas graves de separación definitiva, es decir que *De Pe a Pa*, de Pekín a París, *todo está como era entonces* (y sin embargo...).

* * *

Alternando la caza inmobiliaria con la cultural, por esas cosas de las cadenas y las pistas entre las relaciones, Laura tiene cita con una chilena que le ha propuesto colaborar en un proyecto de revista literaria femenina.

El encuentro está previsto al mediodía en la entrada principal del Pompidou, ya que ambas no saben nombrar ningún café o restorán de los alrededores.

Una vez instaladas ante medio litro de tinto y pedido el menú fijo de rigor, Raquelita deja caer al pasar, pero muy al pasar, que es hija de un Ministro Chileno en el Exilio. A lo largo de los años Laura supo que el gabinete ministerial de Allende debió ser mitológicamente numeroso, ya que ella sola, sin dedicarse para nada a coleccionarlos, conoció a una larga decena de sus «Ministros». Pero, con todo, ese número es sobrepasado largamente por quienes dicen haberse hallado junto al Presi, combatiendo y defendiéndolo ese día fatal en la Casa de la Moneda, tanto que una se dice que si hubieran estado presentes o al menos en los alrededores tan sólo una pequeña parte de quienes lo presumen tanto, seguro que la triste historia hubiera cambiado, a nuestro favor, se entiende. No; Raquelita en esos aciagos momentos no se encontraba junto a Salvador, sino en Barricadas, pero papá, los tíos y su compañero de entonces... Al rato de estos tanteos y escaramuzas verbales de reconocimiento político, se desemboca en el grano y centro de la reunión: la publicación urgente e inminente de una revista de mujeres mediterráneas. Laura acota: nulidad *ab initio*, ahí, nosotras no cabemos. Que sí, hermana, forcejea Raquelita, nuestro temperamento, nuestro ser tan pero tan para afuera nos hace muy mediterráneas.

Laura despliega su mejor técnica cancerígena, es decir, no responder nada en voz alta pero tragárselo todo con bronca y saña feroz, pensando: «¿Se creerá ésta acaso que la isla de Chiloé queda al sur de Corfú?» Ante el silencio tragón de Laura, que comienza a hacer miguitas de pan que desparrama por el mantel y por el suelo, Raquelita se embala; la revista tendrá una presentación gráfica rrenueva, será... (suspenso) de formato acordeón, algo totalmente impactante, renovador, adulto y superfuerte. El conjunto espolvoreado con mucho énfasis en las palabras creativo y creacional. El primer número tendrá como tema unificador... (pleno *thrilling*, puro Hitchcok) el té. Laura, a *boca chiusa* mientras pide la lista de los postres, piensa: «¿Por qué no el ta-te-ti? ¿O mejor el teto?* Shhh, eso no se dice nena, no seas maleducada.» Raquelita aclara que concretar esto es para ella una misión, el título de la revista, *El ojo derramado*, le viene de un repetido sueño de la adolescencia; alguien le ponía un ojo en la mano y la mitad se le derramaba, la otra mitad permanecía en su palma. Laura, dirigiéndose al helado de chocolate y vainilla: «Esta nos quiere hacer pagar a todas las que picamos que en un cineclub de Valparaiso vio *El perro andaluz*.» Repartieron la cuenta equitativamente, incluidos el par de francos para la propina. Raquel tiene que irse temprano porque debe pasar por la Biblioteca del Pompidou a buscar materiales para la revista. Además es madre de un bebé de cuatro meses y su marido, comerciante, la comprende muy poco. Si bien cuenta con dos muchachas que la ayudan, ella debe andar detrás de todo, y para más hoy tiene gente a cenar, así que figúrate mi circo cotidiano. La recompensa a tanto esfuerzo es que el grupo crece de maravillas. Nos reunimos todas las semanas. Y Raquelita la despidió con un efusivo: —Prométeme que vendrás. Viernes a las seis. No te olvides. Cuento contigo.

Las reuniones se efectuaban en la casa de una pareja de cineastas lesbianas militantes.

Raquel informó sobre lo avanzado de las gestiones ante el Ministerio de Cultura: la aprobación de una generosa subvención era inminente. Luego se discutió la amplitud del *té*. Su esfera de atracción quedó extendida a la partícula; así entrarían sin problemas *te*soro, *te*ta, ca*te*cismo, *te*rapia; prácticamente *to*do.

¿Laura no participaría con un texto? ¿Era inédito? ¿Por qué no se los leía? Ya mismo mejor.

La pulsión se hizo presente y lo hizo, oyéndose como a través de un eco lejano decir su muy reciente escrito de emocionado homenaje a la nostalgia:

* *Cher/e traductor/a:* El teto es un guiño para el lector y la gata Flora. ¿Qué teto? Vos te agachás, yo te la meto. ¿Qué Flora? La que cuando se la meten grita y cuando se la sacan llora. ¿Quién firma? El pintor. ¿Qué pintor? El que en tu culo pintó una flor. ¿Quo vadis? Al teto, etc., compasivo etcétera.

lavar la latita vacía, redonda y chata de *tehina*, la pasta de sésamo, distinta de las vulgares latas de tirar al incinerador de todos los días, comprada en el Mercado de Aligre, el más barato y «típico» de París, que es como llaman los franceses a los lugares donde se da mucho rejunte de árabe, negro y chino, al que voy porque me trae el gusto inefable de los mercados que peregrino de tanto en tanto en Israel, y no puedo desprenderme de ella fácilmente, «para algo va a servir», que es el lema indeleble en el orillo de los pobres de nacimiento «¿y para qué carajo te va a servir esa lata con lo inútil que vos sos?» sirve porque es el mismo tipo de metal de los tachos de aceite pura mezcla de maíz y oliva de cinco litros marcas *Unico* o *Malvaloca* que papá compraba rebajados y en oferta bien lejos de casa, en la pensión *Los maragatos* los sábados por la tarde y que yo a veces, cuando me dejaba como premio, acompañaba para ayudarle a traer esos paquetes tan pesados de los que puedo recordar hasta el envoltorio rematado en un nudo de hilo sisal por lo que cortaba al caminar los dedos de la mano, las latas de aceite que atesorábamos en el garage, porque auto no teníamos «para el caso de aumento de precios que aunque el diario lo desmienta ponele la firma que se viene inminente»; sirve para refrescar retina con envases de aceite, nafta y querosén herrumbrosos pero florecidos de malvones y geranios en los barrios porteños sirve; seguro que sirve, y en la latita de *tehina* algo voy a plantar, algo voy a guardar, y si no quedará arrinconada en el fondo del placard de la cocina hasta quién sabe cuándo, porque tirarla así como así, no puedo, te juro que no puedo.

Cuando terminó, a Laura le había montado su rubor del verdadero, sabroso cóctel de culpa más vergüenza.

Cada tanto su urgencia en comunicarse era tan grande que

43

podía vertirla sin discriminación alguna; como justo venía de hacerlo en esos momentos, porque ella no ignoraba que de las presentes muy pocas eran las que hablaban español y menos aún las que se interesaban en literatura en general o en la aparición o desaparición de *El ojo derramado* en particular.

Las más comían té con torta de almendras o hacían planes para más tarde ir a bailar a la boite femenina Katmandú. Al irse, Laura sintió una desazón parecida a la que la embarga cuando se encama por encamarse, porque no sabe decir que no o porque ya que estamos.

De todas maneras la escalada de la angustia fue una buena excusa para no volverse en metro y tomar un taxi. Como era previsible, de *El ojo derramado*, ni noticias.

* * *

Taquicardia. «Parece» que finalmente Laura consiguió alquilar el bendito *studió*. «Parece», porque la vivienda recién quedará libre dentro de un mes y con las agencias inmobiliarias hasta la entrega de las llaves, nunca se sabe. Incluso después de pagados adelanto, seña y comisión, en cualquier momento la muy correcta secretaria puede brindarte su más sonriente y férreo «*desolée*, verdaderamente *desolée*, su garantía no satisfizo al propietario, quien optó por alquilar su vivienda a una pareja de funcionarios franceses». Y no hay tu tía, fojas cero.

La documentación de Laura exigida por la Inmobiliaria Picpus proviene en parte de Made in María (que es donde Laura estuvo viviendo este último tiempo), quiere decir que como es muy prolijita y se da maña para todo le dio una mano en la falsificación del papeleo: fichas de pago, referencias, garantía, saldos bancarios, etc.

Mientras tanto, Laura se fue enterando que su nuevo barrio es mersa y alejado. Que «sólo se puede vivir en el barrio 5, el 6, máximo en el 7; el resto es pró-vín-ciás». Claro que le dijeron todo eso cuando ya había alquilado.

Casimiro, padre de Mónica y amante ocasional de Laura, la alienta:

—Hasta el 12 no te visitará nadie. La gente va, máximo, hasta la Bastilla (que es donde él vive), y recibir, en París, es indispensable.

Tili en cambio encuentra una nota positiva en la operación:

—Te lo cobran tan salado porque si lo mirás bien, tu departamento tiene un frente burgués.

Tili es una recién llegada, porque para los desterrados existe una línea roja demarcatoria: los conocidos antes de estar aquí, y los de ahora. Los de antes tienen que ver con la juventud, la libertad emotiva de las elecciones y las afinidades; los de ahora con la soledad y con el ghetto. Por ejemplo, para Laura, Casimiro y María, más que de antes, son relaciones históricas. María fue uno de los testigos de su casamiento con el Negro Morán, y Casimiro veintipico años atrás había ilustrado textos de Laura en la «Primera Exposición del Poema Ilustrado de Mendoza».

Y como Laura no le presta mucho crédito a Tili, se informó y era cierto: el adjetivo burgués valoriza toda propiedad, cosa que la embarca en cavilaciones para su coleto del tipo: No, si éstos no terminaron todavía siquiera sus cuentas con la Revolución, siempre lacerados, divididos, escindidos; por un lado guillotina y soberbia Marsellesa y por el otro compungidos Luisito, Antonieta, queridos, vuelvan que los queremos tanto; y si no, que me desmientan Danton, Marat, La Comuna, La Ocupación, y Mayo 68. Valga por caso uno de los periódicos escándalos que cada tanto destapa la prensa con muy sabias dosis, a gusto del consumidor, de saña, morbo y vergüenza culpable: una crónica sobre el archivo de denuncias recibidas por los alemanes durante la Ocupación. La mayoría pequeños comerciantes contra pequeños comerciantes, granjeros contra vecinos sobre viejas rencillas no terminadas de vengar; tantas fueron —la cifra escalofriante: tres millones—, que los alemanes decidieron no dar curso a las anónimas sino sólo a algunas firmadas y muy fundadas.

Apenas enjugadas sus pálidas, rosadas y vagamente románticas apetencias socialistas de juventud con Mitterrand, ya añoran a

Giscard y florece insolente el racismo a ultranza del Frente Nacional, pero al mismo tiempo primeros en derechos humanos, Médicos sin Fronteras, apoyo a diversos Frentes de Liberación, que cuanto más lejanos mejor, pero ahora el mundo es un pañuelo y hasta Noumea o Córcega pueden estar a la vuelta de la esquina. Y así, con mucha mala conciencia, mucho *nouveaux roman, nouveau philosophes*, mucho excelente tinto o semillón se va tirando... y no del todo mal; *tout va très bien madame la marquise*.

Laura prosigue sus reflexiones parisinas a paso de hombre por las calles entrañables del Marais:

París está salpicada de placas por muertos martirizados, fusilados, deportados. A veces, a más del nombre y la fecha, el tipo de agonía sufrida y una pequeña bandera tricolor, existe un florerito para recuerdos ocasionales. También en esto, seguramente, un día Latinoamérica importará el sistema.

* * *

Laura, en el Jardin des Plantes:
—Tréboles de cuatro hojas, ¿habrá en París?

CAPÍTULO IV

*Escritura de un sueño a la mañana siguiente de haberlo
soñado, a medida que se pierden —inapresables trágame
tierra— las llaves de decodificación personal de las
imágenes y sólo resta la frágil, confusa indefensión de
todos los días:*

Una casa gris sucia de primera planta, construcción de los
años 20 en algún lugar del Oriente Medio.

Siempre mucho calor, encerramiento y penumbra.

Es Nazareth, donde estuve; pero no en esa casa y sí en el bar
de enfrente. El lugar me da miedo porque tiene odio.

Desde mi ventana puedo echar una mirada sobre los parro-
quianos sentados en la terraza o de pie, en pequeños grupos en la
esquina: hombres de ojos brillantes, ademanes rápidos, pelo
oscuro y bigotes negros. Hay bigotes como los que tenía Juanda
cuando nos separamos y como los del Negro Morán cuando nos
casamos.

Algo pasa en la habitación casi a oscuras y con un lecho
cromado de una plaza.

La mesita de luz es de mármol. Encima hay un velador con

47

una pantalla roja con flecos que da un resplandor mortecino. Hay un botellón de agua. No veo el vaso. Hay remedios varios. Hay un ventilador de aspas en el techo, pero no está encendido. Las aspas están llenas de cagadas de moscas. El piso es a listones, de caoba oscura. Voy a cerrar la puerta con llave porque estoy enferma, tiemblo y tengo miedo.

Veo las arrugas que empiezan en la nuca de una cabeza. La piel es muy rosada; las tres arrugas, bien profundas. Los pelos que restan en el cráneo son canos, finos a punto de ser desagradables de tocar. El cuello es del Vasco.

(Las rachas de imágenes cada vez son más veloces, se tropiezan y censuran las unas a las otras. Nada que ver con la secuencia, pero ahí delante ese accidente que debió haber ocurrido pocos momentos antes de que Morán y yo pasáramos por el lugar. Nos íbamos de viaje a Brasil, buscábamos un taxi y en la avenida vimos un coche muy lujoso destrozado, en el respaldo del asiento delantero un guante largo de mujer, ensangrentado. La madrugada neblinosa. Nos cargamos de malos presentimientos.)

Más lugares. Ahora es Devoto, la casa de fantasmas de la calle Habana; decían que allí se habían suicidado la actriz Elsa O'Connor y su hermano. Nunca me animé a entrar en esas ruinas rosadas. Yo pasaba todos los días frente a esa casa para ir al colegio, siempre espiando signos exteriores de fantasmidad.

La textura de la verja y ventanas de nuestra casa, esmaltadas de verde brillante; la disposición de las plantas en los canteros: violetas, malvones, rosales, jazmín del país y del Cabo, felicidad del hogar, margaritas, campanillas, pensamientos y nomeolvides.

Para ser fantasma, fantasma en un sofá de esa habitación, leyendo el *Billiken*, divirtiéndome con mi propia luz verde y jodiendo a los vecinos que viven por allí. Abrir cada tanto la puerta de una patada. Hablar por el viejo teléfono de tubo y bocina, que le venían gotitas de sudor en medio de la conversación. El teléfono está encima de una carpetita de ñandutí. Hablo con el Vasco, está tan lindo que me da vergüenza mirarlo. Al lado del teléfono hay un costurero rectangular de bordes como teclas amarillas y la tapa es de conchillas barnizadas, en la más grande se lee: *Recuerdo de Mar del Plata.* El interior, de felpa roja, contiene solamente una foto de mi abuelo.

El gusto de la muerte vendrá por un aliento muy raro y por la piel estirada que explotará de gusanos blancos y movedizos. Abro otros planos.

La concha por su cuenta, emitiendo señales morse.

¿A quién le tironeo la falda? ¿Quién me hace y deshace las trenzas? ¿Que escaleras subo? ¿A qué oficinas me presento?

En el primer piso hay ventanas con cortinados de voile y damasco. Entro para ver el parque. Vidrios relucientes de *Aran*juez o de *Arl*es. Casas silenciosas y oscuras. ¿De qué huyo? ¿Qué espío?

Alguien me saca por la fuerza arrastrándome de los pelos por la escalera. ¿Me habré muerto antes de llegar a la planta baja?

«Daría lo mismo morirse con un día de sol.» (¿*Arlt* o Vallejo?)

El Vasco está riéndose. ¿El rojo de ira es Morán?

No me gusta el palacete de dos plantas ni el vestido de terciopelo malva que tengo puesto. Ni los chicos del parque. Ni *Aran*juez ni *Arl*es, para nada.

Detrás de la ventana la nena lee apasionada el *Billiken.*

¿Será tiempo de saber de los ojos brillantes de las fieras? Muchos ojos, muchas fieras; la piel lustrosa, esmaltada de los cocodrilos, la nuez del avestruz, el pico del cuervo.

La concha quiere lanzar un misil multicolor, el arco iris triunfante sobre la pareja del diez de copas de la baraja. Sobre el promontorio en tecnicolor donde juegan a la ronda dice *End.*

Nunca el Vasco ni yo tenemos cara.

El piso de la habitación era de serpientes verdes, pero yo no tuve miedo, sólo un poco de asco por caminarles encima. Había que poner mucha atención porque resbalaban.

(A lo mejor es una bóveda de la Recoleta.)

En la mesa ahora redonda muy moderna con sillas blancas y almohadoncitos bordados en punto cruz estoy enfrente de King Kong; se desprende del traje que lo asfixia y es el Vasco, que me angustia, aunque hay sol. ¿En qué idioma hablamos? ¿Qué hay en la mesa? Nada.

Está por irse del compartimiento de la cervecería alemana *El ciervo*. Dejaré las salchichas con chucrut y mostaza que se enfríen para siempre. Te sigo. Vasco, hasta la puerta vaivén de Callao y Corrientes, paso el diarero de *Los 36 billares* y entro al lado. Otro primer piso, otras escaleras muy gastadas. Puertas, percheros, sombreros, oficinas.

Estoy animada charlando, tengo un vestido de algodón verde loro, acampanado con escote muy profundo, calzo sandalias de charol negro y taco aguja. Pasamos frente a una peluquería para hombres, el peluquero y el cliente están de espaldas. Doy el brazo a un joven rubio de bigotitos finos, traje gris cruzado, a rayas. No soy sincera porque no me gusta. Terminó un trámite, está satisfecho. Mis uñas en su traje se ven laqueadas de rojo oscuro. Es la época de la revista *Para ti* y no tengo para nada 16 años.

En qué idioma la voz de mi abuelo me dice: ¿Así que en aeroplano se puede ir a cualquier parte? ¿Podemos ir a buscar unas cosas que me dejé en Podolia y después ir a Odessa? ¿Podemos?

*　*　*

Se cae desde un banquito y se golpea la nuca. Pánico de Laura por si le da una conmoción cerebral estando sola. Cuando el chichón creció hasta el tamaño de un huevo, no de paloma, gallina ni perdiz, sino de pato sobrealimentado con hormonas, recordó aterrada sus escasos conocimientos médicos adquiridos por tradición oral: «La gente en el momento mismo del accidente no siente nada y sigue tan campante, pero a los veinte minutos; kaput.» En ocasiones como ésas se le revela en carne y hueso la dimensión real de su profundo desamparo.

Laura se amonesta: «¿Viste? Tanto temor cada vez que viajás en avión, para quién sabe acabar matándote de cincuenta centímetros de altura, acomodando en un estante el *Petit Larousse Ilustrado*.» Pero... cabeza dura, yerba mala la chica; al menos de ésta no se muere.

Interpretación libre, segunda:

Luego de que la protagonista anduvo añares por el Extremísimo Oriente, con todo solucionado de antemano como en el jardín de infantes y bien asalariada por los países orientales, seguridad social incluida, ya que los susodichos gobiernos cuidan mucho del personal contratado porque siempre quieren devolverlo enterito, no sea cosa de que se arme quilombo y sea utilizado de cortina de humo para entripados políticos o económicos mayores; para Laura, hoy en día, el mentado Mundo Libre, sus andariveres, cuentas, papeleos y finanzas constituye un verdadero laberinto y rompedero de cabeza. Al pie de la letra.

Mientras tanto, *Radio France Inter* le sigue contando, diariamente, de ocho a diez de la mañana, los seriados infortunios de Madame la Marquise de Maintenon y las ardidas intrigas que le teje la marquesa, también ella, de Montespan, tan rubia en tanto que la Maintenon... —locutor pone voz de catre civilizado— «tan morena, tan picante, carnación de los dos terciopelos»... Pero la capacidad de asimilación del francés radiofónico al que se somete nuestra heroína haciéndose eco del imperativo consejo de sus compatriotas («No hace falta que aprendas francés en La Alianza, escuchando la radio te vas a arreglar y con la televisión, ni te cuento») decrece en forma inversamente proporcional al aumento de su angustia básica. Laura descarga al menos parte de sus sinsabores (por qué transferir todas las *tsures*... tampoco hay que exagerar... y si no ¿qué vamos a escribir mañana?) contra locutor y libretista de la susodicha emisora *France Inter*, quienes si contaran con algún aparejo del tipo de los que cuentan las series americanas de aventuras que detectan todo lo que se mueve a kilómetros de distancia y lo que no se mueve también, como el pensamiento, podrían leer en la cabecita de la Baronesa Kaplansky el siguiente repudio: «Má sí, que se metan todos los claveles y marquesas en el culo, sí señor.»

La interrumpe de tan eficaces cavilaciones el oportuno llamado telefónico de Marta Véscovo.

Marta es una sicoanalista argentina refugiada años ha en Madrid, que acaba de obtener su flamante nacionalidad española. Una vez al mes viene a París para control —y para respirar de Castilla—, dice. Laura y Marta se caen bien, lo cual no obsta para que ella se sienta frente a Marta con la ambigüedad que le despiertan todos aquellos de su misma profesión, que oscila entre el «ojo con cuanto hacés y decís, la lupa de Segismundo, el Hermano Grande te vigila» y el temor reverencial por terapeutas en bloque y también en porciones individuales, por si en verdad en cualquier momento, como la gracia o el color que cayó del cielo, pudiera encendérseles la mecha del polvorín de la sabiduría y generosos podrían darnos la tecla justa para sosegar un poco nuestros alborotados tinglados y desmadres afectivos.

Quedaron en tomar un café en el Deux Magots, por Saint Germain, viniendo de fuera de París, qué otro lugar.

—¿Por qué no me regalás una copia de los poemas que me mostraste la vez pasada —pide Marta—, los que escribiste en China? Me gustaron tanto... ¿Sabés?, nuestro vecino de *palier* es Bucher el editor; te prometo que la próxima vez que venga a casa se los muestro y te doy mi palabra que hago fuerza para que te los publique.

Pero, se encontraran donde se encontraran y hablaran de lo que hablaran, con Marta Véscovo se desembocaba siempre en el Tema Único, Inagotable y Principal: la represión argentina, antes, durante y después del fatídico año 76.

Marta había trabajado en villas y algunos de sus pacientes eran jóvenes del ERP. Las variaciones del discurso pasaban por los amigos, colegas y pacientes que empezaron a desaparecer a su alrededor. Los Ford Falcon que la seguían cuando iba a buscar a su hijo al colegio. El pánico todos los días, el sobresalto de terror por las noches, liado al rumor del ascensor. Por fin, en pleno 76, logró venirse a España, en barco, y aún en alta mar el miedo que demoraba en disolverse.

—Es típico. Poder preguntarle a un cana, como si nada,

dónde queda una calle, lleva años. Y salir de lo que hemos vivido allí, también.

Marta, a golpes voluntaristas, se salía, y con mucho éxito. En Madrid había revalidado el título de médica, se había vuelto a casar y su hijo acababa de recibirse de médico y para diferenciarse de mamá se especializaría en traumatología. Pero como le ocurría siempre que se encontraba con Marta, Laura al rato estaba pegada y culposa; ella no podia compartir nada de lo que habían vivido los exiliados; mientras tantos argentinos se habían hecho masacrar, ella, por temor a volver, prorrogaba contratos de profesora en una remota universidad de las antípodas. Luego, inevitable, Marta proseguía con relatos de conocidos que habían caído por estar en las agendas de otros, cómo pillaban las casas de los desaparecidos, los nenes que habían sido adoptados en Chile o Estados Unidos en el mejor de los casos, y que, en el peor, se encontraban en familias de policías o aún de los propios torturadores de los padres de las criaturas. Un buen broche de oro del encuentro era la omnipotencia de «los servicios» en Europa. A la hora de despedirse, Laura se hallaba lo suficientemente angustiada como para pedirle a Marta que le recomendara algún sicoanalista en París. Marta le dio los teléfonos de un par de colegas argentinos que ella consideraba profesionales excelentes.

Cuando Laura regresó, la esperaba una nota en el ascensor: «Sra. Kapraski, preséntese en portería, con urgencia.» La portera la previno que habían robado su departamento. Que tenía que ir a declarar a la comisaría, cuanto antes. La puerta saltada. Se habían llevado el radio casette, el grabador, la máquina de fotos, el alhajero con el *maguen david* con sus iniciales que papá le había regalado a los quince, el anillo que Djagó le había puesto en el dedo y ella sólo se ponía en ocasiones especiales, los días de sentirse muy bien; las perlas compradas en Japón para cuando las vacas flacas, las perlas de plástico también. Los libros tirados para ver si dentro de ellos tenía guardado dinero en efectivo. Encima tener que ir con su francés deplorable a la cana.

Se empezó a perseguir. ¿Y si hubieran sido los chinos? ¿O por qué no el inquilino anterior que no había querido entregar sus llaves? ¿O esos tipos que hoy a la mañana blindaban la puerta del vecino? ¿Y si fuera una campaña de amedrentamiento de los servicios argentinos? ¿Y si M., el vampiro negro, volvía esta noche?... Total, el camino ya lo sabía...

Para Laura empezaron las noches del insomnio, las horas de pasarse mirando el ojo de la cerradura, el hilo de luz que se colaba entre el suelo y el borde de la puerta, tratando de identificar los rumores provenientes del ascensor. Al poco tiempo, viendo que la angustia no aflojaba sino que muy por el contrario parecía haberse instalado a sus anchas, y también a sus largas, oblicuas y circulares, llamó al Dr. Américo Longo, el sicoanalista que Marta Véscovo le había recomendado en primer término. Así fue como Laura entró en contacto, cuarenta minutos semanales, con el mueble de la habitación de don Longo llamado

> DIVAN m. (turco *diuán*, reunión) Especie de sofá o canapé. Consejo del sultán y sala donde se reúne. Parón. Desván.

Al principio y durante un tiempo, la acompañaron en el camino de ida y vuelta los pronunciamientos telefónicos y personales de los cercanos:

Mónica, después de medianoche:
... tengo contracciones en la vejiga y además soy disléxica... de siempre soy disléxica... hace unos días hice un viaje al inconsciente, oía llantos infantiles... quizá tenga relación con mis crisis de lenguaje... estoy desamparada ante todo lo que sea medicina... la cistitis permanente no es sicológica, Laura, para que sepas se debe a un factor ácido alcalino particular... el sicoanálisis me jode porque es caro, porque no siempre son honestos y si logro convencerlo preferiría ir con François un mes y medio a Ibiza pero hace una semana me dijo andate y cuando no tengas ganas de llorar todo el tiempo, volvé... ¿así que te robaron la casa? ¿por

eso te sobresaltaste de esa manera y me atendiste con voz de las
cavernas cuando te llamé por teléfono?... pero Lauri...

María:
—Yo, antes que mandar a mi hija a terapia, le pago clases de
canto, pintura, cualquier cosa: lo mejor que hay es la laborterapia. Pero a vos, por ahí te sirve, así que hace lo que quieras. ¿Pero
tenés tanta guita como para tirar para arriba?

Tili, a veces altanera, a veces suplicante:
—No vas a escribir nunca más, acordate lo que te digo. A mí,
ningún siquiatra me tocará un pelo del alma. ¿Por qué no te venís
conmigo unos días a Estambul, que hay una exposición de arte
bizantino maravillosa? Para reponerte, digo...

Raúl el Yeta:
—¡Laura, mirá que sos snob!

Moncha:
—Llevo diez años de terapia y todavía continúo porque
considero que me quedan bastantes cosas por resolver.

La Reconocida Escritora Latinoamericana *Clemencia Guerra*:
—Mejor pídele consejo a un cura español, de los de antes, esos con
sotana y ya me contarás, y si no, dame a mí los ciento cincuenta francos
y verás qué bien te oigo, el tiempo que quieras, manita.

Andrés, jefe de misión en la oficina de Cristina Pascal:
—Para mí, es la única cosa importante que me ha ocurrido en
la vida.

Mabel, esposa del Atareado Sociólogo Argentino Armando el
Enanito:
—Con mi hija intentamos todo para sacarla de las garras de la
droga y las malas compañías. No voy a permitir que esa fruta

podrida y satánica me destruya. Yo soy una roca. ¿Yo, pero yo, terapia? ¡Jamás!

Mara, rival literaria:

—No creas que yo no me tengo ida al sicoanalista; de entrada nomás me felicitó porque yo solita tenía superados mis problemas principales; la edad, la relación con mi hijo; en lo sexual, lo que pasa es que en París no hay hombres, Gorda. No sé vos, que también sos inteligente, para qué te vas a meter en terapia, que además está *demodée*.

Tili, a las ocho menos veinte de la mañana:

—Si no querés venir a Estambul, al menos, ¿por qué no pasamos un par de días en la Turena? No vayas al siquiatra, te lo pido, no vas a escribir nunca más, acordate lo que te digo.

Laura siente que gran parte de sus relaciones argentinas (la mayoría artistas como Casimiro, que viven desde hace años en París) quedaron maniatadas a un discurso comenzado allá lejos y hace tiempo. Mezclado con los brindis periódicos realizados con motivo de Navidad, Año Nuevo o alguna inauguración, flotan burbujas y ecos de rancias frustraciones. Para ejemplo del tono, valga Casimiro y su cantilena de Moebius:

—A mi edad, fijate, no puede ser que a uno lo consideren como principiante. Máxime cuando lo que están haciendo ahora como gran descubrimiento en la última FIAC* o en Nueva York es lo mismo que veinte años atrás yo exponía en Buenos Aires... No me dan la pelota que me tendrían que dar... en París, ¿sabés lo que soy?: un cero a la izquierda, soy... (Sigue, hasta ahora.)

El discurso de las mujeres de los artistas en cuestión pasa por otros metros patrón; la desastrosa situación económica por la que atraviesan, saltando poco después sin solución de continuidad a

---

* FIAC. Feria Internacional de Arte Contemporáneo que anualmente se lleva a cabo en el Grand Palais. Marca lo que se lleva y los que se llevan en otoño.

las pasadas, presentes o futuras vacaciones en el Midi, la invitación recibida para algún congreso o simposio de cultura latinoamericana en cualquier rincón de Europa donde invariablemente se reencontrarán los mismos asistentes al coto vedado de los congresos, dificultades con los hijos, y el reciente viaje a Buenos Aires, «... que creeme ya no es la misma con decirte que una se siente extranjera en su propio país...».

Con algunas variaciones coyunturales, el tenor del texto prosigue hasta aproximadamente la medianoche, que es la hora del último metro para los escasos remolones en comprarse auto, la hora en que la buena educación de los empleados franceses dice que hay que volver a hacer *nono*, la hora en que las carrozas se vuelven calabazas, la hora de dormir la mona, que aunque se vista de seda, mona queda.

Capítulo V

VIDA DE ARTISTA

«En plena cuarentena, un estudio alquilado, de pieza y cocina (libros y papeles desparramados todavía por el piso) en la plaza Rambouillet, no es para apuntalarle la seguridad a nadie», pensó ella a las seis y cuarto, después de haber pedido un oporto en el Café Cluny, el del cruce de Saint Germain y Saint Michel.

«Voy a adoptar el Cluny para citarme con gente y también como disciplina, para salir de casa al menos un rato por día. Decididamente tiene un toque de confitería de la calle Córdoba que me hace sentir más cómoda que en otros lugares; pero hay algo más que no sé bien qué es.»

Entre las mesas creyó reconocer a un escritor chileno frecuentado por la madrileña redacción de *Correo Iberoamericano* y las cafeterías contiguas a esa publicación, cuando ella iba a pedir libros para comentarlos en la revista —ya que las notas de crítica las pagaban poquísimo, pero peor era nada— y él también. No se caían mutuamente, pero a lo mejor —reflexionó ahora— se debía en parte al hecho de que hacer esas notas tenía mucho de dádiva y al director de la revista le gustaba arrojar los huesos bien lejos a ver cuál de los famélicos perritos sudamericanos (por aquel entonces aún no existía el despectivo apócope *sudaca*) era más vivaracho, sabía más gracias y corría mejor.

«Debemos ayudar al pobrezilio Perengánez (nombre del galgo favorito de turno), por eso le di las últimas páginas de crítica disponibles para esta entrega», solía decir con cara de venir en ese preciso momento del velorio de su sacrificada madre, reforzando aún más el gesto frotándose las manos, moviendo la cabeza con aire apenado, tanto que hasta parecía a punto de largar de los ojos un líquido aguachento; entonces, junto con ponerte una mano en el hombro, suplicaba: «Tú comprenderás que hay que repartir, ¿verdad?... sé buena, date una vueltezita a principios de mes que ya empezaremos con el próximo número... A ver si te encargo una nota y hazemos algo también por tí.» A ella le había tocado casi siempre que le ganara de mano en la repartija el que estaba sentado en la mesa del costado, en la terraza del Cluny.

Pese a que era consciente de que estaba calzada con zapatillas, de primera intención lo hubiera saludado, en París se está tan sola... pero reaccionó a tiempo, padecía una inflamación en el paladar y el dolor era tal que había tenido que quitarse el puente con los dientes postizos y después de siete años sin verse, justo con ese par de agujeros en los costados que se verían seguro tanto apenas abriría la boca, a Remigio Chalón no lo podría saludar, ni loca.

Pero no era.

Entre sorbo y sorbo aliviado del oporto, lo reconoció. Se trataba de un alumno del curso de francés para extranjeros que ella había seguido durante un mes, algún tiempo atrás. El nombre se le había borrado, porque la computadora del cerebro sabía que nunca lo engancharía para nada, salvo para confundirlo con otro u otros. El tipo era un iraní maduro muy pro-shah que le había contado cómo los khomeinistas habían fusilado a su padre, juez, y expropiado cuanto tenían. Las cosas debían andarle bastante bien, porque se lo veía más joven, con el pelo y los bigotes teñidos de negro retinto. Yo pienso —se dijo Laura— que teñirse el pelo es toda una actitud ante la vida, una pulsión simuladora que quiere informar a los otros que siempre se tienen veinte años en un rincón del corazón. El tipo estaba acompañado de otros dos de su misma procedencia y rango, pero que no parecían teñidos.

No se saludaron.

—Viernes a la noche; dentro de un rato a casa. Escribiré, con viento a favor tal vez un par de cartas, y fin de la jornada. París, la joda. Tendría que haber vivido París a los 18 y no a los 40. ¿Es que habrá alguna ciudad que no sea la propia para vivir bien la cuarentena?

A su derecha se sentó una pareja blanca-negro; ambos alrededor de los 25. Ella dice que está muy fatigada, viene de una exposición soberbia, repite, recalca; so-ber-bia, de picassos en el Marais y que qué vamos a tomar.

Más allá, otra pareja de rubio con laosiana.

—Ahí está; era eso lo que me atraía. El Cluny tiene un aire de bar «se admiten inmigrantes». La cabra al monte tira.

Mira el ticket de la consumición. «El oporto cuesta casi lo mismo que una entrada al cine, pero es una historia distinta. Ir al cine supone toda una salida, sentarse en un café, no.»

En la pareja blanca-negro ella habla mucho, él provee tan sólo enlaces y apoyaturas: «¿De verdad?, ¡pero no me digas!, ¿entonces?, ajá, ajá.» La de laosiana-rubio es silenciosa; él hojea y ojea *L'officiel des spectacles*, ella bebe su jugo de naranja muy concentrada. Como es viernes y anochece, hay que elegir la película de prisa.

Vida de artista; vals de Strauss. Llamó al mozo, pagó los 17,25 francos del oporto; cruzó la calle, corrió y alcanzó el autobús 63, que la llevó hasta la Gare de Lyon.

Cuando llegó a su casa no la esperaba un contrato de edición de su novela, ni el dinero que le adeudaba su editor anterior, tampoco noticia alguna del último gran amor quien antes de borrarse para siempre le había prometido, faltaba más, que juntos de aquí a la eternidad; pero sí encontró dos cartitas fotocopiadas ambas, una del banco informándole que desde hacía diez días el saldo de su cuenta era deudor y que pasara lo antes posible a solucionar el asunto con Monsieur De Cassis, y la otra de Radio France donde se había presentado por un aviso aparecido en *Le Monde* en el que pedían locutores y periodistas latinoamericanos, diciéndole que al término de considerar sus antecedentes, lamentaban mucho no poder aceptar su candidatura; eso sí, que recibiera la expresión de la consideración distinguida del Jefe de personal, señor Charles Michel. «Qué atentos, ¿verdad?» Pero la bronca ahogó de cuajo la ironía, ya que estaba al tanto de que los nombramientos estaban designados antes de la convocatoria y de que habían recaído en la persona de algunos jóvenes bien palanqueados. Fue una buena oportunidad para lamentar el tiempo y dinero empleados en la asquerosa preparación de currículos. ¿Necesitaré ser premio Nobel para que me admitan a dar la prueba de castellano en Radio France?

Llamaron por teléfono. Equivocado.

Se quedó dormida leyendo (ya que él y sus amigos escribían bastante en el Café Cluny) el Hemingway de *París era una fiesta*. Recuerda haber pensado antes de que el libro se le cayera de las manos: «A cinco mil dólares y de los de antes por cuento, pero ¡qué vivos, así cualquiera!»

A la madrugada, cuando bajó para apagar el par de luces que habían quedado encendidas, remató la noche con esta convicción.

«Si uno no se ríe de día, ¿cómo se va a reír en sueños?»

* * *

COSAS QUE DIFICULTAN EL ESTUDIO

Diez cosas que dificultan el estudio. Son: pasar bajo la rienda de un camello, y, con mayor motivo, bajo el camello mismo. Pasar entre dos camellos o entre dos mujeres, o una mujer que pasa entre dos hombres. Pasar junto a un mal olor procedente de una carroña. Pasar por un puente, bajo el cual el agua no fluye desde hace cuarenta días. Comer pan insuficientemente cocido; comer carne sucia; beber agua de una conducción que atraviesa un cementerio. Mirar un cadáver cara a cara. Algunos añaden: leer los epitafios.

Talmud, Tratado Horayot, 13b

ESPEJO m. (lat. *speculum*). Superficie lisa y pulida, y especialmente luna de cristal azogada, en que se reflejan los objectos. Por ext. Superficie que refleja los objetos: *el espejo de las aguas*. Lo que representa una cosa: *el teatro es el espejo de las costumbres*. *Espejo ustorio*, espejo cóncavo que concentra la luz en su foco, produciendo calor capaz de quemar los objetos que allí se coloquen. *Espejo de cuerpo entero*, el grande que llega hasta el suelo. *Espejo retrovisor*, espejo que permite al conductor de un vehículo ver detrás de sí.

EL VASCO Y TIO IANKEL

La partera se llamaba Victoria Metulá; hoy pienso que no debería haberse llamado Victoria para nada. Dijo, me acuerdo muy bien: «Era un machito, ¿quiere ver cómo ya estaba todo podrido?», y yo no quise. Fue un cuatro de setiembre. (¿Hoy ya tendría veinte años el corazón?) Del primer aborto sólo eso, y la fecha; del segundo, nada, y del tercero, sí, un poco, que me lo tuvieron que rehacer una semana después sin anestesia porque se había producido una infección y según parece me salvé por un pelo. Uno por cada pensión o cuarto alquilado en los que anduvimos viviendo, porque por entonces con el Negro Morán se nos hacía muy cuesta arriba pagar el alquiler y andábamos mudándonos a cada rato. Bueno, no hacerse la víctima, en alguna parte de mí, yo los quería, si no no los hubiera hecho. A otra cosa, y rápido. Ahora pienso en el Vasco, que se me apareció en la vida en la época del tercero y último aborto, que fue cuando la separación definitiva de Morán. Tipo Yves Montand, el Vasco; tipo mi tío Iankel, tipo militante de *La guerra ha terminado*, y no bajito, testarudo y mandón como mi papá, que no me gusta. Mi tío Iankel me quería mucho y me llevaba de la mano a dar vueltas manzanas por el barrio que por entonces estaba todavía sin asfaltar y era el único que no me decía nada cuando yo saltaba a propósito dentro de los charcos dejados por la lluvia y robábamos rosas y él se las daba a una chica morochita muy simpática que vivía en la otra esquina pero yo no tenía que decirle de eso nada a mamá, aunque ella igual parece que sabía, porque al rato, riéndose como pícara, le decía: «Iankel, Iankel, vas a acabar mal yendo con las *shikses*.» Mi tío me explicó que la vecina no se llamaba *shikse* sino señorita Lynch. Mi tío Iankel se tiró del tren cerca de la barrera de casa justo para el aniversario de la muerte de la abuela y el cumpleaños de mamá, que caen para la misma fecha de setiembre, y yo lo fui a visitar seguido al hospital porque se salvó. Para esa época yo ya no me veía con nadie de toda la familia, porque desde que me había casado con Morán, que era *goi*, me habían proscrito.

Mi tío Iankel se casó con la tía Rebeca, a la que mamá ni las otras tías, hermanas de mamá, querían para nada. Cuando nos veíamos para los cumpleaños, se la pasaban diciendo que era una flor de bruja, muy sargentona, que mi tío Iankel le tenía miedo y muchas otras cosas, pero cuando ella llegaba, cambiaban de tema y se ponían muy simpáticas y cariñosas.

Mi tío Iankel está loco, pero no lo tienen encerrado. Dicen que empezó a andar mal cuando durante un par de años se

63

quedaba todos los días sentado muchas horas en un banco de la plaza para no contarle a la familia que lo habían echado del trabajo. Mi tío trabajaba en la ferretería de Pueyrredón, casi esquina Corrientes, del viejo José Winitzky e hijos. Allí también había enredos de familia que no me acuerdo porque el abogado de los Winitzky era socio en el estudio de papá y después de compartir los negocios veintipico de años se separaron muy peleados y no se vieron nunca más, que es la manera habitual de separarse de papá. Mi tío Iankel, de vender cordones de zapatos y pomada para lustrarlos en la feria de Santos Lugares, pasó a chico de los mandados en la ferretería y llegó a jefe de compras y toda la caja del comercio pasaba por sus manos, decía mamá, hasta que un día se acabó y le hicieron juicio y papá lo tuvo que defender; «yo siempre sacándole las castañas del fuego a tu podrida familia»; «el pobre no tuvo la culpa de nada y no digas esas cosas delante de la nena, que le va a perder el respeto» y de ahí en adelante siempre se ponían a gritar, mamá lloraba y me mandaban a jugar al patio, qué piolas, cuando me daba tanto miedo, pero cuando yo quería, no. Mamá comentaba que el pobre tío Iankel trabajaba como un burro, todo para la Rebe, hasta que un día la cabeza no le dio más, culpa de la Rebe. «La Rebe enfermó a mi hermano más querido», decía, pero ella no se animaba a pararle el carro y cantarle cuatro frescas, culpa de mi papá, decía, porque tenía miedo de que el tío o la Rebe le contestaran: «¿Con qué cara vos te metés?, ¡mirá quién habla!»

Mi tío Iankel tiene dos hijas que, como corresponde, son mis primas y, aunque ahora deben andar por los cuarenta y son solteras, para mí siempre serán mis primitas Chiqui y Pupele, después Pupi. La mayor, la Chiqui, como querían que fuera nene, mamá dice que la Rebe la asustó tanto que se volvió tartamuda. Con la Chiqui fueron muy estrictos y con la Pupi nada porque era la linda. Después las dos se emparejaron y se volvieron contadoras públicas y los fines de semana ayudan a mi tía a atender el kiosko de artículos de limpieza que tuvieron que poner para hacer frente a los gastos de la casa con tanto tiempo de hospital, que entraba y que salía, de mi tío.

Mi tío se casó un cuatro de setiembre. Yo me acuerdo de la fecha porque mi mamá y mi papá se pelearon muchísimo en la vereda de casa y a ratos estaban pálidos y a ratos coloradísimos y se decían cosas muy feas que no me acuerdo, solo que mamá repetía «que me muera si no dejás a la *goie*». Yo pienso que sabía de quién hablaba, era la mamá del Chiche, una *embargada* de papá que por entonces venía muy seguido a visitarnos y papá le había conseguido un departamento en el barrio y mamá lo había seguido a papá que había dicho que se iba a trabajar pero lo había pescado justo en la puerta de la casa de la *goie*. Será por eso que de la fiesta de casamiento del tío Iankel no me acuerdo nada de nada, ni siquiera si fuimos. Nunca me acuerdo nada de las fiestas, ni siquiera qué vestido llevé, porque en las fiestas pasan cosas feas. Ni siquiera la de mi propio casamiento me acuerdo, sólo que el Negro se emborrachó y me quiso pegar o me pegó. Tampoco ni la casa, el barrio ni los dueños de ésa otra en la que al salir el Vasco me dijo: «Vos sos una gran amiga, pero para compañera la elegí a Pilar» y era de madrugada, y me quedé muda, sin fuerzas para decirle en la puerta del ascensor «conmigo no subás, quedate con Pilar». Borradas las fiestas y punto. Mientras papá y mamá peleaban y se gritaban cada vez más alto yo estaba inmóvil apoyada en la vereda en un árbol que nunca creció porque ellos hicieron que no creciera para que no levantara las baldosas de la vereda, pero que no había que decir nada, si no la Municipalidad nos iba a poner una multa o lo iban a plantar de nuevo y así se quedó mucho tiempo ese cuadrado de tierra sin árbol y sin nada hasta que lo cubrieron de cemento, pero por entonces todavía estaba el tronquito de plátano brotado, hasta que con tanto zaparle las raíces se secó del todo.

Cuando se casó tío Iankel se fue a vivir muy cerca de mi abuela y mamá siempre criticaba a la tía Rebe porque decía que trataba muy mal a la *bobe* y se quejaba amargamente de la *bobe* porque quería más a mi tío Iankel que a ella. Pero la *bobe* murió de un derrame cerebral en nuestra casa y en el momento que le dio el ataque me había puesto un trajecito de lanilla color mostaza con la pollera tubo muy ajustada y estaba lista para encontrarme con un muchacho con el que estaba citada en la puerta del Instituto de Arte Moderno, que debe haber sido una de las pocas veces en mi vida en que fui yo la que planté al otro, pero del muchacho no me acuerdo. Entonces la abuela no habló más y le cayó de la boca como una babita blanca de la galletita con queso que recién había comido y yo le pasé una servilleta para limpiarle la barbilla y al día siguiente se murió. Ahora ya ni sé cuál es la diferencia que mamá me la había explicado entre ellos y nosotros: ¿los *goim* no cierran el cajón y nosotros sí o es al revés? Tampoco me acuerdo para nada del entierro de la *bobe*, pero me parece que no lloré mucho porque me daba vergüenza. ¡Mirá de cuántas cosas no me acuerdo! Pero de la época del casamiento de mi tío sí y de la *goie* que se besaba con mi papá también, porque *Yo* los vi, y aunque nadie me lo pidió, nunca se lo dije a mamá. Fue el día del nacimiento de mi hermana, un 30 de setiembre. «Quedate tranquila, mamá va a París a traerte un hermanito y enseguida vuelve.» Y a mí me daba mucho miedo quedarme sola si mamá se iba en un viaje tan largo. Y estaba muy oscuro todo cuando oí voces como dentro de casa y me puse a espiar despacito de dónde venían los ruidos por el visillo de la ventana y papá abrazaba a la *goie* de una manera que nunca lo había visto con mamá y ya no me acuerdo nada más, sólo que no quise ir más a la escuela y que una vez me encontraron lejos de casa y alguien me trajo de vuelta y cuando me desperté en la cama con el doctor parado al lado me contaron que me caí con la bici debajo de las patas de un caballo, dicen ellos. Todo era muy pésimo entonces; el cole, el piano y la maestra que me decía torpe y cosas terminadas en osa: mentirosa, perezosa-perezosa. Ese setiembre tuve que dar un concierto en la fiesta de la escuela y me paré en la mitad del popurrí de *La Traviata*, arreglo facilitado para piano de Della Chiesa, porque cuando fui a la clase de piano con la maestra particular, la toalla para la sangre que me habían puesto se me cayó justo debajo de la garita del policía, en el medio de cruzar la calle y un hombre que estaba al lado me dijo «¿se te cayó *eso*, nena?», y por esa manzana de San Juan y Boedo, no pude pasar nunca más, hasta hoy, que tampoco. Y la cosa fue para tanto que me tuvieron que cambiar de escuela y ya no tuve dotes para el piano, pero yo no me acuerdo por qué.

Hoy recibí una tarjetita muy cariñosa de el Vasco diciéndome que por fulanito consiguió mi dirección en París y que cuántas ganas tiene de verme, después de tantos años. Que ojalá nos encontremos y que me llamará apenas llegue el próximo 4 de setiembre. También me escribió mi hermana, pidiéndome que les escriba a mamá, a la tía Rebeca y a las primas que sufren mucho, dándoles el pésame por la muerte del tío Iankel.

Está bien, al Vasco finalmente entre copa y copa le podré decir que en realidad al menos conmigo cuando me largó para siempre y yo embarazada de tres meses fue un cobarde y un canalla. Pero al tío Iankel, ¿qué le digo?

* * *

Bobeñu dejame correr a abrazarme a tu falda, húmeda de fregar y baldear, yo me refugio en tu fuerza que adivino, en tu lengua yidish tan remota, levantame a upa, abuela y arrojame al aire y recogeme para que me ría de gusto, otra vez, y espantá de mi vida todo lo que me asusta, los animales salvajes, los vagabundos, los locos, los cojos, los crueles y los bichos de rapiña. Vayamos triunfantes de la mano abuela a la feria y comprame un *beigale*, abrazame abuela, que hay sol, tengo rulos y soy muy linda y vos estás orgullosa de mí y nadie me va a hacer mal, nunca más, ¿no es cierto?

* * *

¿Hay que escribir en caliente, hay?

Capítulo VII

FIAMBRE Adj. y s. Dícese del alimento que se guisa y se deja enfriar para comerlo más tarde sin calentar: *es muy aficionado a los fiambres. Fam.* Sin novedad: *noticia fiambre. Mej.* Plato compuesto de varias carnes, que se come la víspera del día de difuntos. *Arg.* Reunión desanimada.

Boire + Bouffer les français ne connaissent que ça.
Graffitti, Metro Avron. 25.12.81

—Doctorcito Longo, por qué *clochard* y locura para mí se mezclan? *Clochard*, botella de vino, ir haciendo eses, aliento podrido desde lejos, dormir sobre el enrejado de las alcantarillas y respiraderos de los subterráneos, mangar, mangar siempre, bronca en el metro gritando que todos son-hijos-de-puta, hijos-de-puta; ¿por qué todo eso me da tanto miedo?, ¿me estaré arrimando sin darme cuenta? ¿a lo mejor, no?

Sobre el respetuoso silencio de Laura (hecha un trapo) cae la periódica e inefable frazada que le tiende Longo:

—Seguimos el jueves.

* * *

En París, la mayor parte de la actividad social se reduce a almuerzos, cenas y más cenas. Se asiste a comidas, y se las brinda, para retribuir. Nativos y metecos; a falta de querernos, comemos y bebemos. Nuestros rituales, como los de todos los convertidos recientes, son bien rígidos. Aperitivo, entrada, plato con verdura y salsas, ensalada de lechuga al final cuyas hojas deben haberse secado en la maquinita ad-hoc; quesos (como mínimo tres: duro, semiblando y blando, servidos en tabla de madera; manteca y pan aparte, por favor) y vinos. Jamás queso con vino blanco, que es pecado mortal. La mayoría de los paisanos parece haber desarrollado, con la radicación francesa, una profesión paralela: catadores de vinos. Ya nunca más «para mí... un tinto», sino que hay que gustar el primer sorbo alardeando de conocer marca y cosecha y sobre todo hacer muchas muecas en el evento. Los más reventadores son aquellos que en los restaurantes hacen sentir vergüenza ajena, poniendo los ojos en blanco con el sorbito en cuestión para después hacer un buche rumoroso con el líquido y finalmente asentir. El mozo, que espera de pie, llena la copa con aire de «pero mirá qué infeliz» y deja la botella cortés, como si toda la farsa fuera verdadera. Luego de ese diálogo en francés de pronunciación más o menos soportable pero siempre siempre lo suficientemente extranjero como para que un mínimo gesto del nativo le haga a uno saber que jamás, por más esfuerzos realizados en la empresa, dejará de pasársele la enagua, volvemos a nuestro castellano básico. Pero en estos prados no quedan casi Margaritas para deshojar, ya que todos y todas pretenden haber nacido Margós.

☆　☆　☆

Llamado de Mónica para referir que se sacó de la concha algo amarillento, como con patas, si eso es ladilla.

Llamado de Casimiro, padre de Mónica, para proponer si un día de estos no podríamos volver a coger, amistosamente y sin compromiso.

Llamado de Pocha, mujer de Casimiro y madre de Mónica, para compartir la preocupación que siente por la salud de su hija, ya que la médica quiere tratarle la cistitis con nitrato de plata y además porque no puede más de angustia, encontró viejas cartas de Casimiro a una butiquera de Barcelona y seguro que todavía la llama por teléfono cuando no estoy en casa, y yo haciendo tantas economías, por favor necesito verte y que me oigas un poco, si no para qué están los amigos.

Laura se dice que al menos con la familia del Arco, algunas changas tipo protagonista de *Teorema* nunca van a faltarle.

* * *

Todavía hoy en Francia, es posible, en el más puro estilo tragedia griega, morirse de tábano.

En Creuse, un apicultor de 70 años encoleriza el panal y muere a consecuencia de las picaduras.

Sobrevivir a las dos guerras para morir de su propia miel. Como morirse del propio poema o de rabia por la dentellada del propio perro: todo siempre nada más, nada menos que por un gesto torpe de la mano.

> *Otra de abejas*
> Un enjambre de abejas atacó ayer la residencia de la Primera ministra Indira Gandhi pocos instantes antes de la ceremonia oficial de entrega de dieciseis volúmenes de literatura hindú. El enjambre sembró el pánico, impidió la realización del acto y muchos académicos como varios de los ministros presentes fueron brutalmente picados. (*Libération* 31.3.84)

Si alguno de tanto gurú como tienen suelto le hubiera ido descifrando los mensajes...

Este tipo de asociaciones infunde en Laura unas ganas irremediables de abrir puerta destino y su compulsión ocultista se satisface bastante económicamente ya que adquiere *Horoscope* en el kiosko de la esquina. Así se entera que en estos momentos (¿cuándo nó?) su Cornudo signo se encuentra muy vapuleado por una cuadratura de Saturno y que encima el Nudo de la Luna cruzará el horizonte meridional y esto la tendrá deprimida (¿todavía más?) por unas tres semanas.

Vivos los horosccoperos, siempre se las arreglan para anunciar los tránsitos felices para más adelante. *Horoscope* le propone asimismo unas trescientas y pico páginas publicitarias acerca de los infalibles méritos de videntes, astrólogos, cartomantes, marabouteros, conjuradores, exorcistas, mediums, magnetizadores, sofrólogos, etcétera. Cada Infalible con su foto, precio y eventuales bonos y cupones de oferta. También se promociona la periódica realización de multitudinarios *Festivales de Videncia* en el Hotel Lutecia. La entrada, francos 150, da derecho a una Consultación gratuita con el Infalible de su elección entre el centenar de profesionales que han comprometido su asistencia. *Horoscope* tiene un tiraje de ciento sesenta mil exemplares, *Astres* otros tantos y no son las únicas publicaciones ocupándose de temas ocultistas o simplemente milagreros, cosa que daría a pensar que por ahí los galos no son tan cartesianos como a primera vista prometen. *Cosas veredes que non crededes*, advertía don Alonso Quijada o Quesada. Si ése, aunque Manco, y del Espanto... se las sabía todas, no me digan.

FLASHBACK: LUCY, VIDENTE DE ANTES

Lucifellini cura el empacho, el mal de ojo, hace con alguna prenda de otra persona lo que se le pida; más o menos siempre es lo mismo: que él vuelva, que la otra se vaya, enferme o muera, que no me deje.

Entre nosotras la llamamos Lucifellini porque, como el

vidente hermafrodita de Giulietta, pasa la mayor parte de su tiempo en la cama, pero a diferencia del de la película, Lucy es tan pero tan gorda que sin ayuda no puede bajarse de su lecho descomunal. Delante le decimos Señora y cuando la sentimos de confianza, Doña Lucy. A mi amiga, en cambio, la llamamos Siamesa en todas partes, no porque tenga una hermana melliza ya que la Siamesa es sola y búlgara, sino porque es felina del tipo abandonado y salvaje y tiene un novio que le está muy pegado: el Siamés.

La clientela de Lucy no es muy fina porque su pieza, baño y cocina más corredor quedan en un caserón semiderruido de La Boca, muy cerca del Riachuelo y ella, como las videntes de antes, cobra «a voluntad». Traducido, que nadie le da, según la gravedad del caso, más de cincuenta o cien pesos. A veces, si todo se arregla muy satisfactoriamente y rápido, los agradecidos consultantes suelen agregar al monto de sus honorarios algún jabón de tocador o una colonia. También son bien recibidos los postres y dulces en general.

Hoy Lucy está un poco asustada porque cayó la policía: «Yo lo traté al oficial como a un hijo; podría ser su mamá, le dije.»

Y sobre sus pechos inmensos y entalcados nos mostraba papeles que pese a su insistencia ni la Siamesa ni yo quisimos recoger: «Faltaba más, Señora, usted sabe que le creemos.»

Son cartas —explica Lucy— de hombres que le dan las gracias por los favores que ella les hizo, cartas de amantes militares de los de verdad, «no como éstos que esperan encontrarme con las manos en la masa y todo el tiempo quieren sacarme plata. Y acá ¿quién más vive? Yo sola, oficial, con un sobrino mío, muchacho muy trabajador. ¡Qué le iba a decir!, ¿no?»

Es una tarde de verano, Lucifellini suda y toma constantemente un porrón de cerveza blanca y después uno de cerveza negra y en el cuarto hay un olor pegajoso de perfumes rancios, polvos de arroz, cremas, frutas y verduras a punto de pudrirse.

Toda la pieza está llena de fotos amarillentas, algunas con marcos, otras clavadas con chinches. Las figuras son muy borrosas pero se supone que pertenecen a la gloriosa Lucy cuando cantaba óperas en el teatro de Bari y tenía maridos y amantes cubiertos de entorchados. Entonces comienza a canturrear para convencernos o convencerse con sus cuerdas vocales nudosas como ombúes y los sollozos le montan confundidos de tripas, hipo y memoria «un di felice, eterea» y termina con «caro nome». La Siamesa y yo ni siquiera sentimos la tentación de reírnos de nervios, piedad o bochorno; apenas atinamos a mirar fijo los huecos que dejan las fotos en las paredes de un azul y rojo violentísimos.

La Siamesa, para cambiar de tema y no desgarrarnos tanto, dice «pero como vidente, Lucy es bárbara»; ella recoge el pie igual que en el teatro y cuenta cómo le vio a un hombre «como la estoy viendo *a lei, Signorina*», por la carta del de la linterna la hora exacta en que el pobre se iba a morir, cómo los médicos le mandan clientes, «porque ellos no pueden curar la culebrilla, ese anillo de bichos alrededor del cuello o la cintura y si se te llega a cerrar, seguro que te morís».

En eso, la ayudante de Lucy, una mujer huesuda de batón negro, viene de la cocina, le anuncia la llegada de alguien que pide una consulta urgente y le susurra un nombre: Lucy asiente con la mano: «Hacela pasar, a la pobre la dejó un sinvergüenza y le voy a terminar un trabajito, salgan un rato pero no se vayan.»

Esperamos en el pasillo y la Siamesa me tranquiliza: «A lo mejor te las tira, pero quién sabe, porque está muy mal, ahí como la ves, vive con un tipo de treinta; lo del sobrino no te lo creíste, ¿verdad? Ahora está desesperada porque hace cuatro días que él no aparece. La vieras cuando está el muchacho, con sus setenta y cinco cumplidos, se baña y arregla como una novia.»

Por fin la mujer se va, volvemos a entrar y la Siamesa le pide a Lucy que me tire las cartas porque yo también las estoy pasando feo. (¡Y tanto! Se trataba de mi separación definitiva de Morán.)

«*La Signorina e molto simpatica ma io veramente oggi non posso perche quelli della polizia sono alerti*. Otro día con todo gusto. Tenga fe que le va a ir bien, *Signorina* tenga fe, *Signorina*.»

Bajábamos por la escalera en ruinas. La calle tan sofocante como el cuarto de Lucy. «Es cuestión que me aguante un tiempo,

Siamesa, que todo se va a arreglar, ¿eso habrá querido decirme?»
Recuerdo que ella paró un taxi mientras me animaba con tono de
enfermera de guardia: «Claro, tonta, ¿acaso Lucy no te dijo que
tuvieras fe?»

Muchos años después el azar me devolvió un encuentro fugaz
con la Siamesa. Nos pusimos al tanto de nuestros divorcios,
amantes y trabajos. Nos esforzamos en aparentar una intimidad
que se había terminado con aquel doloroso verano. La Siamesa
hasta me confió los datos de una numeróloga que ella consulta y
me recomendó como infalible. Pero no fui ni tengo intención de
ir porque maridos, amantes, amigos y videntes como los de antes,
esos sí que ya no aparecerán más.
Lucy, decime, la fe ¿dónde me la llevaron?

Corte: Mara, fina dama

...yo estoy en la mierda, en plena catástrofe, al límite del
descubierto... y encima, ¿qué se cree ese negro de mierda que me
deja plantada, esperándolo?... la verdad es que tiene una poronga
que no termina más... debe haber terminado unas cuarenta
veces... ja ja... ahora te entiendo la nostalgia... ¡bueno, che, no te
pongás así!, ¡sos de un susceptible!... el otro día cuando me lo
levanté, no me día cuenta, pero es un negro te juro, como para
llevárselo a Deux Magots o hacer que te espere en los sillones de
la entrada de Gallimard... es una pinturita escapado de un figurín
y encima fetichista, como a mí me gustan; me hizo poner para
fifar una enagua negra que por suerte yo tenía y limpita... no es
que le falte talento, pero Cortázar no es un gran escritor, y hoy
por hoy es la parodia de sí mismo, además no nos engañemos, si
está donde está, fue todo debido a Ugné dedicada a su persona y
empujándolo a tiempo completo en Gallimard*... el negro tiene

* Oportunamente producido el deceso de Julio Cortázar, una de las necrológi-
cas más sentidas, para simplificar estilo viuda con cuervo, fue producida por Mara
para «El Clarín, Domingos», quien emotivamente puso al público lector en

cada musculito en orden y para bailar aunque no lo creas te
prometo que movía el culo y la oreja... al menos me saqué la
telaraña... estoy en la mierda... esto es consecuencia de la política
económica desastrosa de Mitterrand...

BALADA NAVIDEÑA DEL PASAJE GATBOIS

Seis y media.
Un auto estacionado, la puerta abierta;
afuera, tendido, un brazo desnudo.
El otro (cubierto) le inyecta una jeringa
que debe entrar en el mismo brazo y día
por cuarta o quinta vez
a juzgar por los cuajarones de sangre
que alcanzo a distinguir antes de volver sobre mis pasos
y enfilar por el pasaje paralelo, tan concurrido,
que últimamente ha sido el más visitado
por las fuerzas nacionales de seguridad.

Hombres en las aceras,
alguna mujer en la ventana.
Aire denso y tenso
del que por lo general se corta con las armas blancas
de las novelas negras más baratas, las de olvidar en trenes,
hoteles de paso y habitaciones del imposible dormir.
Desganados me miran, intentan acercarse,
no tanto por convicción erótica
como por reflejo pavloviano: domingo, tan feriado
y el cartelón, al término de la calle, felicitándonos;
parecería ser que aquí, para ellos y para mí,
hoy también es Navidad.

---

conocimiento de los estrechos jalones de íntima amistad que durante años la ligaban
a Julito... ¡Ay!... y si no, que lo venga a desmentir.

Un bus me cambia el barrio, deambulo encuentros
por el París de Deux Magots, Select y la Couppole.
El brazo del Pasaje Gatbois habrá o le habrán cerrado ya
la puerta de su viaje. Senegaleses y argelinos
apagarán la sola y turbia lamparita que ilumina
sus compartidos cuchitriles.
En rueda de amigos hablaremos más o menos larga,
inteligentemente, de dramas periodísticos, divorcios,
sexualidad propia y ajena;
luego iremos a casa de alguien (Andrés) porque en la tele
homenajean a la Callas y él señala que
«la devoción por la diva
es un reconocimiento más entre la gente
como uno»
         como dos
              pierdo tres
                    ¿qué tengo (todavía) que perder?

               * * *

Inscripción leída en el baño de una crêperie de Barbizon:
«Deje el baño tan limpio como su plato.»
(A mí lo que más me gusta del almuerzo, porque de noche
mamá decía que caían pesados, era pasarle la lengua al plato para
lamer los restos de huevos fritos o pasados por agua. «¿No te da
vergüenza? Eso no se hace, limpiá el plato sólo con el pancito de
viena, no seas *tan* maleducada, nena.»)

Cena en lo de Tili. Tili no pronuncia la ye como nosotros,
rioplatenses. Se esfuerza por decir *ió* en vez de *yo*. La interrogo
con suavidad, por ahí tiene un defecto de dicción y la hiero, pero
no, pronuncia así porque papá le dijo que nuestra ye es vulgar,
inadmisible; de paso me pide que nunca diga en su presencia
coger, que es tan grosero que no puede soportarlo, ya que para

hablar de hacer el amor bien puedo referirme a las ceremonias de interior, que son más poéticas. La palabra concha, pregunto, ¿está permitida? Tampoco. Ella la escribió una sola vez, pero podía interpretarse que se refería a la concavidad marina, en cuanto a decirla así como así, está segura que nunca fue proferida por sus labios. (Pienso; sólo las chupás, cuando te dejan.)

Llegamos a las ocho, hora del pollo al horno con crema de hongos. Asisten también al ágape franceses dos, Olivier y Jean-Luc, este último con perro. La presencia canina rompe ostensiblemente el equilibrio de la reunión planeado por la anfitriona.

Tili, con voz cada vez más rauca, impone que el perro fuera. Francés no aceptar: perrito mío gentil, sufrir con el abandono. Afuera está fresco y se me va a resfriar.

Walkir-Tili manipula en vez de lanza definitivo dedo índice mano derecha: El pachorriento Fido no atravesará el umbral. Jean-Luc retirarse acongojado con rabo entre las piernas. No vive muy lejos y regresará más tarde. Masculla entre dientes.

Para descongelar el ambiente Tili vierte y revierte opiniones políticas sobre Olivier, quien, justo es decirlo, se había aguantado la escena anterior sin movérsele un pelo, latiéndole tan sólo apresurada, ostensiblemente los músculos de las mandíbulas.

—No, no bromeo, deberíamos entregar la Argentina a los italianos porque son muy industriosos y lograrían sacar el país adelante.

Jean-Luc vuelve y recalentado comemos hora y media más tarde. El resto de la velada de normal administración.

* * *

El hijo de Raúl el Yeta tiene quince años y cada tanto, cuando tiene problemas con la madre, aterriza unos días en lo de Raúl, que terminan siempre con calamitosas confesiones del Yeta acerca de la monstruosidad de sus hijos, la deplorable educación que les habrá dado la madre, si no, no me explico, repite, cualquiera diría que contento.

Las diferentes versiones que Raúl cuenta sobre su separación varían según la persona a quien las refiere y las copas que ha bebido. «Ella» lo abandonó no queriendo seguirlo a la Argentina cuando él regresó al país por un par de años. Interrogado sobre si durante todo este tiempo se ha hecho responsable de alguna manera de la educación de los chicos, dice que «ella es una francesa muy burguesa y no se ha merecido que él le pasara un mango, encima me hizo un juicio de alimentos y otro para quitarme la patria potestad».

La última: Raúl dice que el hijo lo quiso matar con un pico, a veces dice martillo, porque él hacía ruido pasando la aspiradora. Por supuesto no le quedó otra que echarlo y de ahora en adelante todo lo que tenga que decirle, deberá hacerlo por intermedio de su abogado. Pequeño detalle: la aspiradora de Raúl no funciona desde hace años.

* * *

Anotaciones mañaneras de Laura:

Conocí a una pareja integrante de un grupúsulo del Ashram parisino de Rajnesh. Periódicamente me invitan, insistentemente, a sus reuniones. Signos exteriores para distinguirlos: visten siempre variedades de naranja y llevan la foto del troesma al cuello. Se cambiaron los simples François y Françoise por nombres orientales muy complicados como Chandragupta Maurya y Chandravamsha. Son excesivos en sus entusiasmos. El discurso ronda en torno a la luz, la buena energía y las intoxicaciones alimentarias que infligimos a nuestro aura. Una vez por semana me invitan a sesiones paz, amor, vidas pasadas, la salud y la arcilla. Acabo de excusarme para no asistir esta semana tampoco. Bastante porque no se me antoja y nunca me afilié a ningún club y en menor grado ostensible, pero más vergonzante porque —qué pensaría Usted de mí, doctor Longo, cómo podría confesárselo—, si seré boluda. Acepté en cambio cenar con Olivier.

Capítulo VIII

SU PRIMER FRANCES

Cuando Laura lo llamó para avisarle que todavía estaba en la Unesco porque recién había terminado una entrevista de trabajo y llegaría a comer un poco más tarde, Olivier le dijo que se les sumaría un amigo que estaba muy mal el pobre, apenas nomás salido del hospital.

Laura llegó, cumplida como es y para más siendo la primera vez que en su larguísimo primer invierno parisino la invitaba un francés francés sin gota alguna del sudaquerío natal, con un taxi y el inevitable par de botellas de Bordeaux. Los compatriotas con más antigüedad en la plaza le habían advertido que con el Bordeaux uno nunca se equivoca, para los otros vinos hay que conocer.

Studió clásico. Gato castrado, sillas y mesa ratona provenientes de rejuntes surtidos y frágilmente encoladas, plantas de interior, luz difusa en el techo obtenida por medio de un paraguas chino abierto a modo de pantalla con el mango recortado y de toque distintivo especie de acuarelas en blanco y negro con vaga referencia a paisajes de montaña, pintadas en tiras de servilletas multiuso *sopaline* clavadas con chinches en la pared, porque Olivier es profesor de francés para extranjeros pero adora la pintura china que lo inspira y estimula tanto. A la derecha, en la cama que sirve de sillón de recibir en casi todos los departamentos parisinos de un ambiente que conoce, Jean-Claude que solloza. Primera impresión de Laura: historia gay. ¿Olivier vive con Jean-Claude y se están peleando? ¿Jean-Claude un ex de Olivier, ahora sufre por otro y está embarcado en plena confidencia desgarrada?

Olivier es rubio cuarentón, siete años de análisis, amanerado, comprensivo de los que nunca se sabe la lengua viperina que en el momento menos esperado, quién diría, pueden llegar a afilar. Jean-Claude, pelo lacio pidiendo urgente una lavada, tristón, culo chiquitín, vehemente, ojeroso, 25-30 gastaditos y pálidos. Jean-Claude habla de una «Ella». Pero eso a Laura no le aclara demasiado las cosas porque tanto gays como lesbianas con frecuencia hablan de las personas cambiándoles el sexo.

Detalle de la cena: el gatazo negro come en la mesa de la fuente de pescado hervido, pero se sirve porciones más generosas y las come más rápido que los demás comensales.

A medida que Jean-Claude va largando el rollo, que lógicamente tanto llanto lo hace único centro de atención, dice que su hija de acá (muestra foto de beba rubiecita chupándose pulgar), que el gran amor de su vida de allá, que éste ha sido su tercer intento de suicidio, dos con gillette clásica, esto es bañadera, salpicaduras de sangre en los azulejos del baño, su ex mujer que lo encuentra a último momento y conato de infección posterior de la que se está reponiento (exhibe muñecas), y uno con pastillas salvado por su hermano con quien quería hablar por última vez y lo llamó desde el teléfono público ubicado justo debajo de la casa del susodicho consanguíneo. Piensa que para él todo está terminado y que no hay ninguna luz en su vida; además encontró el vidrio donde estaba enmarcado el retrato de su hijita roto, y ésa es una señal indudable; más claro échenle agua.

Desde hace un par de años va de vidente en vidente. Ahora piensa intentar con los espiritistas como le aconsejó una tía, por ahí quién sabe. El último que consultó fue uno muy famoso que cobra setecientos francos la videncia, pero a él finalmente le rebajó a trescientos porque se llama igual que un hijo que se le murió al maestro. Le dijo que por el momento su vida se ve muy negra pero que poco a poco todo se aclarará. Esta última parte no la cree. Cuenta también experiencias con Luna, lectora de futuro mediante contemplación de un vaso de agua, quien le advirtió que no aceptara jamás que nadie le *trabajara* los ojos. (?) Esa tarde, en cambio, venía de otra onda. Un paciente del hospital le había pasado el dato siguiente: había que ir a la tumba de Alain Kardec en el Père Lachaise, tres veces cada tres días, poner la mano en los pilares de su sepulcro y hablar con Kardec —tan simple como eso—, contándole lo que a uno le pasaba y esperar con fe el resultado, que puede ser muy milagroso. La tumba de Kardec era fácil de ubicar porque era la más florida de todo el cementerio. Hoy él había encontrado allí a un señor muy misterioso y bien trajeado que había ido porque debía operarse de cataratas la semana entrante y la intercesión de Kardec haría que todo procediera bien.

Ahora que lleva dos semanas separado de la chica con la que vivía desde hace casi un año, va de casa en casa porque su hermano en el hospital le dijo que no lo quiere alojar más ya que le perturba a la familia. Piensa que no puede tampoco seguir jodiendo a los amigos, hace una pausa, mira a Olivier que mueve la cabeza atento, deferente, pero continúa silencioso sin pronunciar el esperado «Pero cómo se te ocurre, Jean-Claude, ¡faltaba más!», y entonces carraspea, bebe un trago largo de vino, suspira cortito y remata informando que desde anoche duerme en un hotel también en Pigalle, a pocas cuadras de la casa de Olivier, porque él lejos del barrio y los amigos no puede vivir. A partir de allí la curva emocional del monólogo fue descendiendo a detalles más cotidianos como la profesión de ebanista de Jean-Claude y lo mucho que le gustaba su oficio.

Al salir de la casa de Olivier, era medianoche. Jean-Claude se ofreció a mostrarle Montmartre *by night* y Laura se dejó. Los unía la repulsión a franquear la puerta de sus respectivos cuartos. París en pleno mayo y como siempre tan frío. El viento era de yapa. Los caricaturistas cerraban sus carpetas. Dieron vuelta la plaza y en el último mostrador abierto comieron un crêpe, para calentarse. Bajaron las desiertas escaleras de Sacré Coeur. Un africano cargado de collares y chucherías ni intentó siquiera realizar la última venta de la noche. Entraron a un bar pero se quedaron poco, porque estaban cerrando.

—¿No te molesta si te acompaño hasta tu casa? —preguntó Jean-Claude.

Laura tuvo repetidas imágenes de: ¿y si dentro de un rato me lo encuentro suicidado en *mi* bañadera?, o: ¿si se le desplaza la rayadura y se la toma conmigo, tanto por cambiar?, pero contestó:

—Al contrario, encantada.

Se acostaron en cambio amigablemente pero más bien estilo tristón, sabiendo que mañana casi seguro que si te he visto no me acuerdo. Jean-Claude le explicó que a eso los franceses lo llaman ser compañeros de fortuna.

El domingo por la tarde, sin saber demasiado por qué, Laura se encontró paseando con María por las tumbas del Père Lachaise.

* * *

Año y pico después, Laura volvió a reencontrar por azar a los rajneshitos en el tumulto de la FIAC. Elegantísimos. Después del año de licencia él había vuelto al ministerio donde actualmente se ocupaba de la Asistencia metodológica al Plan de seguridad rutera. «¿La campaña de las palomitas que en plenos arrumacos se dicen "Cuando se ama se maneja cool", ésa pero ésa viene de tu ingenio?» La misma. En cuanto a ella, ahora se encargaba de la planificación de animaciones culturales en Cruceros al Caribe de una agencia de viajes multinacional. El bebe; ¡ah!, el angelito, no porque ellos fueran los padres... etcétera. Laura observó que sin embargo de los viejos tiempos algún recuerdo quedaba, ya que el sonajero del infante François era de un naranja rabioso. Ajó, diga ajó a la tía, corazón. Le dieron la nueva tarjeta. Prontito la llamarían para invitarla a comer una especialidad de Burdeos y así de paso les conocería la casa. Tanda sonora de cuatro besos per capita que quiere decir que somos muy pero muy amigos.

*   *   *

Hay momentos (bastantes) en el oficio de escribir en que uno no la ve clara. Para nada. Sea porque personajes y lugares enmudecen o porque quieren hablar por sí, rumbear por cuenta propia. Y uno pierde pie, estilo, continuidad y no hay aquí *script girl* que aparezca cuaderno en mano, diligente, para advertirle al escribidor: «Señor, estamos filmando la vida de Robin Hood, y en la última escena se ven tres ciclistas saludando a cámara.»

(A mí como lector me gustaría que los autores, cuando se topan con problemas como los que atravieso, me lo hagan saber, me coloquen un semáforo de atención y complicidad en dichas páginas: *salteable*.)

Mientras tanto sigo resbalando en la viscosidad de la parálisis, el cul de sac, el hoyo negro. Las opciones como particulares caras del raje. Comer. Fumar. Hablar con equises por teléfono como si hubiera algo urgente que comunicarse. Inventar citas con equises. Días y días de noria sorda y culposa porque vaya donde vaya, subyacente, el suplicio chino, la gota de agua que perfora el cráneo:

—Después de haberse encamado con el ebanista suicida porque entrar en la casa de noche la angustia, Laura, ¿qué hace? Laura, ¿qué hacés?

Anotaciones mañaneras de Laura:
¿Por qué todavía hoy, martes 5 de enero, me cago de miedo si duermo con la luz apagada? Corrijo, si duermo *sola* a oscuras. O sea que para mí, consecuencia de soledad es sinónimo de luz prendida.

Don Américo Longo y la Empresa de electricidad, agradecidos.

* * *

«Cuando se ha viajado mucho a través de los países, los libros y los hombres, se prueba a veces la necesidad de detenerse un día...

Viví durante doce años en el número 4 de la calle de Saboya, distrito 6.º de París, pero siempre tuve, y todavía tengo, varios domicilios en Francia y en el extranjero.»

Lástima, porque reemplazando doce por cuatro y la calle de Saboya por el número 2 de la calle de Chaligny en el distrito 12 de París, el prefacio de Cendrars a Moravagine, le iría justo.

Laura compró la novela en una de las mesas de saldos, ésas que ponen afuera en Gibert Jeune, la librería de Saint Michel, al lado del Sena. Todavía no puede resistir pasar delante de libros en oferta por si encuentra por diez, veinte, digamos hasta veinticinco francos, la perla, el libro que justo debería pero todavía no leyó y cómo puede seguir viviendo sin caérsele la cara de vergüenza... Cendrars, ¿novelista? Cendrars pasión juvenil, Cendrars piedra libre a la imaginación por una antología de la negritud tempranamente traducida al castellano. Cendrars a quien Laura le soñaba las pisadas por el Transiberiano y se devora las primeras sesenta y ocho páginas devota, entusiasmada y respetuosa, hasta que se da de bruces con que «el sentimiento por excelencia de la mujer es el sufrimiento masoquista, mensualmente están ensangrentadas y engendran sólo muerte». Sigue diciendo que el amor en las mujeres no tiene otra finalidad que la reabsorción fetal del macho. Ahí no para; ... la mujer es una fuerza maléfica y la historia de todas las civilizaciones se ha empeñado en probarlo, etcétera de varias páginas, la fuerza del relato desemboca en que la protagonista, Masha, es doblemente masoquista, una por ser mujer y la otra por judía, ya que ¿qué pueblo sino el judío goza

85

con su bajeza y se deleita con su propio envilecimiento? (*sic*).

Ella se dice «no seas tan susceptible, Laura, que no te lo dice a vos, pensá que el pobre perdió un brazo en la guerra (¿cuál?) que era negro* y a vos Djagó del Zaire, te copa». Voz segunda resistiéndose lo mejor que puede, le responde: «Encamotada sí, pero no infeliz.» La curiosidad literaria vence por un rato y Laura sigue leyendo pero ya salteándose unas páginas a ver si mejora (signo en ella de progresiva merma de respeto por el autor hasta allí devocionado) y Cendrars en verdad repunta; ahora Masha se ha convertido repentinamente en gran revolucionaria y terrorista (estamos en vísperas de la Revolución de Octubre) pier-de-la-cha-ve-ta y, como suele suceder en las novelas, no sólo de Cendrars sino también en muchas películas y en la gente de carne y hueso a veces, nueve meses más tarde está a punto de dar a luz a un bebé ...el Papi es obviamente *Moravagine*, que en Londres ha sido también Jack el Destripador, y antes príncipe heredero de la Casa de Hungría; la razón de los crímenes es que de adolescente, loco de amor y de celos destripó a la princesita que era su prometida y ya más adelante todo lo fue más fácil; cuestión de arrancar, como dijo Mao; uno da el primer paso y la Larga Marcha viene sola (para quienes tienen la viveza de sumarse al final de la historia para poder contar el cuento, claro). Luego de mucho atentado, cruento ajuste de cuentas entre facciones revolucionarias, pasan los meses y entre purga va y purga viene, llega el momento de dar por terminada la «dulce espera»; entonces Cendrars nos refiere que Masha, coherente con su masoquismo al cuadrado de mujer y de judía se cuelga de las vigas de un vagón de tren y a consecuencias de esta posición pende entre sus gráciles piernas de ahorcada... el principesco fetito gesticulante... En ese tren, justo por casualidad viaja Papi *Moravagine* con un amigo. Ambos reconocen con cierta sorpresa

---

* *N. del A.* Ni una sola gota de sangre que no fuera suiza le corría por las venas azules y coloradas, pero para cuando L.K. tuvo conocimiento de esta información y dejó de mezclar *Cendrars* con *Cesaire*, ya Cendrars y Djagó la tenían absolutamente sin cuidado, casi.

—justo es admitir— a la heroína y el Noble Progenitor responde al otro tipo cuando éste le suplica que la descuelgue... «No, dejémosla allí, pendiendo. Que viaje con nosotros, porque en Riga, cuando la policía revise el vagón... se ocupará de ella y no de nosotros»...

Laura desenfunda su voz tercera, que por ser la más profunda, la de tocar fondo, suele ser la más sanita e informa:

—Yo abandono, pero si interesa el dato, la novela *Moravagine* de Blaise Cendrars, continúa hasta la página 238, y doy vuelta la página porque estoy apurada (como saben) escribiendo un libro.

* * *

Clemencia Guerra, siempre telefónica

Clemencia Guerra es uno de los Adocenados Prestigios Culturales Vernáculos Latinoamericanos. Protagonista de escándolos afectivos, políticos, sonados divorcios y conatos de suicidios. Del tipo de feminista que nunca tuvo que levantarse antes de las once, ni esperar a fin de mes para cobrar un sueldo. Novelista y con aura de tal. De ésas que existe el consenso «cuán maravilloso escribe», pero que nadie leyó nada, o casi nada. Laura tampoco, o al menos no se acuerda, lo cual no constituye para ella mayor índice ya que su especialidad constituye a veces un borrador, es decir que libros o películas que ha visto o leído las tiene tan incorporados, o tan poco registrados, que a veces necesita llegar nuevamente hasta las últimas páginas o secuencias para volver a recordarlos. En cuanto a libros de Clemencia, cuando a Laura le cayó en manos *El bosque de la venganza*, no aguantó ni siquiera salteándose, los primeros capítulos, pero se dijo «a lo mejor no es ésta la obra que le creó la fama, a ver si me consigo la verdadera. Pero para más adelante».

Como no se visitan mayormente y lo poco que lo hacen es

Laura la que debe trasladarse debido a las notorias diferencias generacionales, prestigio y barrio de sus respectivas viviendas, redujeron sus relaciones al mínimo no imponible, esto es plañideros desahogos telefónicos de Clemancia sobre emisiones televisivas, litigios que emprende, gestiones para aumentar su pensión alimentaria, salud y gracias de sus gatos, maltrato al que somete otra gente a estos soberbios felinos, el gato en la historia de la humanidad, etcétera.

...total, que la fulana se ha hecho una putiérrez... ¡Arletty era una frivolaza!... fue la amante de un general alemán... un judío de Gstaad me dijo: —mire señora Guerra, si usted le hubiera hecho en tiempo una escena, el embajador se hubiera portado mejor... no, si una friega su vida por imbécil... lo que es yo, sólo me he apasionado estos diez últimos años por la historia soviética... ¿te estabas duchando?... llámame apenas termines... un besito y no estés tan lóbrega

Mónica, cuando no

...hicimos una vez el amor hace más de un mes, me trató como a una muñeca de plástico y estuvo muy ambiguo, dijo que no podía tener relaciones conmigo... ponía barreras en el discurso... nos vimos por última vez y fui incapaz de manifestar toda mi bronca, reaccioné muy sometidamente... encima, de uno que conocí por ahí me agarré tricomonas y me dieron un tratamiento para matar caballos y como la dosis del medicamento era tan pero tan fuerte que dos semanas débil débil débil, postrada casi; no sabés la pena que me dio tener que abandonar el curso de confección de marionetas javanesas...

* * *

Laura aprende que:

«todo en ella estaba dictado por su temperamento melancólico. La melancolía no es la desdicha, sino el *sentimiento* de desdicha, sentimiento que no tiene nada que ver con lo que se afronta, porque se lo podría experimentar en el corazón mismo del paraíso. La melancolía es la apoteosis del *para qué...*» (E. M. Cioran, *Le Monde*, 7.2.86).

Laura puso punto final a sus relaciones con Clemencia, cuando luego de haber testimoniado a su favor en un par de procesos jurídicos que le seguían por falta de pago; de calumnias e injurias o lesiones que ella iniciaba para muy pronto desistir por carecer de pruebas, de ser para Clemencia «la única amiga que le restaba en la hostilidad parisina, Laura ángel querido, poeta de pluma lírica tan grande como la mismísima Achmatova y tan bella como Deborah Kerr en sus mejores épocas», etcétera, Laura le pidió prestado una suma insignificante y Clemen la dejó esperando en el lugar concertado para la entrega. La segunda oportunidad Laura repitió el pedido sólo para efectuar comprobaciones, a veces tiene para descubrir a sus personajes la pasión del entomólogo. Laura adora los cazamariposas y las lupas y con la mayor delicadeza guarda en formol la respuesta siguiente de doña Clemencia Guerra y Lucientes:

—Créme que en otra ocasión te prestaría esos franquitos que me pides con todo gusto, pero muy pronto llegará en visita oficial el Presidente de México, hermanita, y con los tres mil dólares al mes de la pensión, qué quieres que compre para estar presentable... No le pagues al dentista que son todos sádicos... Para el dolor tómate una aspirina y abrigadita métete en la cama y ya verás...

Menos mal que Laura, lenta como es, finalmente dijo basta. Más vale tarde que nunca.

Laura se siente:

...«*forastera en una ciudad en cuya estación perdió el tren*». Roberto Arlt. Los siete locos.

Laura asiente:

Par la joie l'esprit devient sédentaire, par la mélancolie il s'en va en exil.

Por la alegría el espíritu deviene sedentario, por la melancolía se va al exilio. Rabbi Nachman.

Capítulo IX

GALLO m (lat. gallus). Género de gallináceas: *los gallos son orgullosos y valientes.* Pez acantoperigio marino. Arq. Hilera, lomo de la armadura. En el monte, las dos segundas cartas que echa el banquero. Nota falsa: *soltar un gallo. Fig. y fam.* El que manda en un sitio: *ser el gallo del pueblo. Pop.* Esputo. *Fam. Alzar el gallo,* mostrarse *arrogante. Amer. Ser muy gallo,* ser muy guapo o valiente. *Fig. y fam. En menos que canta un gallo,* en un instante. *Ideas afines: Pollo, capón, cresta, espolón, gallinero, quiquiriquí, cloquear, clueca, llueca, postura, nidal, empollar, pollazón, riña, reñidero, gallera.*

Fugaz, el tiempo de un relámpago, la memoria retrotrajo a Laura el tufo embriagador del reñidero de Denpasar, Bali, donde la muchedumbre apostaba a grito pelado por los gallos, acompañando la expectativa, la emoción, con un gesto parecido al nuestro de llamar a los conocidos: vení, sí, vos, vení. Al mismo tiempo se desgañitaban la tarde entera con *gasal, gasal;* redoblo la apuesta.

Para desdramatizar el recuerdo, Laura reflexionó en la otra

lógica, esa de las lenguas que para confeccionar sus plurales, repiten lo nombrado.

Pero en materia de gallos indonesios viene también a su recuerdo el hecho de que Suharto, como todo dictador que se precie, temeroso de las manifestaciones populares, llegó a prohibir las riñas, pero éstas estaban tan enraizadas en la vida de la gente que el gobierno tambaleó, entonces a permitirlas, una vez por semana y controlando los reñideros, lo más que se pueda. Sin embargo, lo que Laura más retiene de Bali, la carta postal propia que se fijó andando por esas carreteras de tierra apisonada, el trópico fulgurante de las estrellas a los hongos de contar visiones, son esos viejos en cuclillas a la puerta de sus casas, acariciando horas la pelambre reluciente de los animales arco iris. Laura preguntando. «Y es así, a los buenos gallos de riña hay que acariciarlos mucho rato, todos los días.» (Gallarda Barbuda Laura, para su solitario buche: Me falta mi cuota, y tanto.)

La carencia de ternuras, mimos y derivados del género en el árbol de su cotidiano la hacen regresar varita mágica, ¡plash!, en caliente al gallinero de Santos Lugares, ella; pío pío dando de comer a los bichos —todo en Argentina se puede nombrar *bicho*—,* la araña pollito, el ser amado, el elefante y los patitos blancos, las gallinas que se escapan por el patio, que es el Gran Tema de Madre Mamá, «acabo de lavar el patio, no puedo más de cansancio y esos bichos asquerosos que lo ensucian todo (a veces decía cagan)». Para las fiestas había que matar el pato, la gallina o el gallo siempre tan duro que hay que cocinarlo muchas horas. Que había que comerlos, se sabía; que no había que encariñarse con los bichos, se sabía; que Corresponde al Hombre de la Casa llevar las gallinas al matarife de la sinagoga si no a ver decime qué otra cosa querés que ponga en la olla con tantas bocas como somos para alimentar, se sabía. Esas ocasiones de las Grandes

---

* El equivalente de tan vasta generalización en el mundo vegetal, es decir, todo lo que se ignora el nombre específico y no tiene tamaño de árbol es yuyo, y cariñosamente, yuyito.

Riñas familiares a las que asistían acaloradas tres generaciones de ucranianos de la propia sangre, la Infanta las recuerda como los mejores momentos de su vida, porque el Abuelo que Tosía se la llevaba de la mano, lejos lejos, le contaba andá a saber qué ni en qué idioma, pero todo cuanto transmitía a la Bienquerida era Verdad y Protección. Lástima tener que volver, las Brujas gritando a coro; qué vivo regresaba cuando todo estaba hecho, que ni para eso servía, y el olor del puchero por el patio, el patio donde flotaban algunas plumas y muchas plumitas que testimoniar del crimen.

El gallo también es uno de los doce animales del horóscopo chino. A diferencia del zodíaco occidental, los períodos de influencia astral no son mensuales sino anuales. El año del animal en que uno ha nacido ejerce profunda influencia sobre la vida; según los chinos es el animal que se oculta en tu corazón. A veces, con tanto esconderse puede convertirse en

GALLINA f. Hembra del gallo: *las gallinas padecen con frecuencia pepita. Fig y fam.* Persona pusilánime: *ser un gallina. Gallina ciega*, juego que consiste en perseguir uno de los jugadores a los demás con los ojos vendados. *Gallina de guinea*, la pintada. *Com.* Carbón mineral de 2,5 a 4,5 cm de diámetro. *Fig. y fam. Estar como gallina en corral ajeno*, estar avergonzada entre gente desconocida. Prov. *Viva la gallina y viva con su pepita*, a veces es peligroso curar ciertos achaques habituales.

Curioso, ambos animales tienen sus efigies en oro, labradas en la imaginería popular. Pushkin la recoge en un cuento y Rimsky en una ópera *El gallo de oro* y las fábulas recuentan las andanzas de *La gallina de los huevos de oro*.

Pero el gallo asimismo es el símbolo de Francia y, por tanto, de los franceses. En el año del bicho homónimo, Lauri asentó sus reales en París y siempre de acuerdo con el horóscopo chino pero con ciclos de diferencia entre sí, gallos son los primeros actores de carácter, Conde del Herault, vate meridional, Andrés el frágil funcionario fugitivo y Eric el colérico, pero estos últimos irán desarrollando en otros tiempos y otras vidas sus cualidades potenciales.

✻   ✻   ✻

El canapé es el sandwichito por excelencia, maridado a toda inauguración artística o apertura de cualquier evento social más o menos publicitable. Consiste en recortes pequeños de pan reseco redondos, cuadrados o festoneados cubiertos por mano delgadísima de margarina rancia, salpicados por puntitos de caviar plástico negro o naranja mecánica, acompañados de tragos coloreados que van del vino al champán con un común denominador, la baja calidad.

En general el público asistente se encuentra completamente desinteresado en lo que motiva la reunión, baste si no corroborar en cualquier vernisage pictórico cuántas personas no dan la espalda a las obras exhibidas.

Los canapés son arbitrariamente distribuidos por camareros disfrazados de tales para las dos horas del acontecimiento a quienes, si se presta atención, se reconoce nuevamente disfrazados en otras presentaciones similares. A ellos se agregan los camareros voluntarios, allegados que so pretexto de gentiles y como de la familia, cazan una bandeja llena y comienzan a pasarla recién cuando está casi vacía. Luego de que, libres del impedimento y con el buche graznador todavía lleno, se largan a la caza del camarero número dos, que lleva la bandeja con las copas y repiten, en una cinta sin fin hasta la hora de ponerse los abrigos, la misma y sola operación. Fotógrafos desganados tratan de pescar figuras reconocidas socialmente. Casi sería preferible redonar a la palabra canapé su significación primera, la de asiento largo con respaldo para varias personas por ser más convivial, amistosa, eventualmente partuzera, pero siempre mucho más comprometida.

Si los canapés fueran un micro, los encuentros, simposios y congresos culturales serían el macrocosmos. Aquí, los participantes alterados un par de días de sus rutinas beben más y a veces hasta fornican un poco. El objetivo principal suele ser reafirmar o destruir trenzas, pulir y ventilar pavorreales. Gajes del oficio, secuelas de estas reuniones multitudinarias son la vergüenza ajena que se siente por quienes no pagan sus cuentas de extras en los hoteles, se desbocan con los camareros, etc. Cuando este tipo de carnavales son de alcance internacional, existe siempre alguien que desarrolla una sesuda ponencia en su lengua materna que la mayor parte de los asistentes desconoce, pero no se nota demasiado. A destiempo, un traductor produce un resumen realizado siempre a último momento, mal leído, ininteligible, que arranca algunos opacos aplausos de la concurrencia y muchos bostezos mal disimulados. En ocasiones la lengua del exponente y el oyente coinciden; así Laura pudo toparse con arduas realidades de la vida cultural contemporánea como por ejemplo «Los nombres de Dios y los colores del Río Ebro en la poesía española del Siglo XVIII». El evento forma parte del nutrido programa de actividades que se celebran dentro del marco del reputado Congreso de Poesía mística europea patrocinado por la Universidad de Lausana, al cual Madame Kaplansky asiste no en calidad de invitada oficial, que viene a ser la gente a la que le pagan todo y tiene nombre impreso en la mesa de adelante y distintivo en la solapa, no; ella fue invitada a medias, vale decir poeta latinoamericana oyente, separándola del pueblo llano un tabique de lo más delgado.

Anotaciones de Laura mientras prosigue la maratón del Señor del Ebro:

Hay algunos que se masturban de chiquitos o de jóvenes, otros comienzan en la mediana edad, y otros se largan de viejos a los que vulgarmente se conoce como «viejos pajeros».

Yo pertenezco a la segunda clase. Ya sé que masturbarse no es lo mismo que acostarse juntos, y queriéndose, pero algo es algo.

La plaza central de Lausana se llama «de la Palude»; ¿querrá decir la que te tira pálida, o la del paludismo? ¡Estos suizos!

Es así que luego del cuarto trago bebido después de la sesión de la tarde en compañía del señor mayor que había compartido con Laura la mesa durante el almuerzo, éste se transformó, en menos que canta un gallo, en la síntesis gálica por excelencia, en el mismísimo Lino Ventura representando el papel de Conde del Herault, vate meridional.

Y a partir de entonces, se produce lo que debía producirse: el Conde de Herault desciende más o menos periódicamente a las Arenas de Lutecia. Extracto de sus más bellas frases y actitudes respecto a Laura:

—Vayas donde vayas, tú, *ma petite Lorá*, tú te mueves con un *shtetl* dentro de tu cabeza. ¿Eso qué viene a ser? Nada menos que el centro del lugar poético. Te voy a enviar sobre el tema un libro un poco arduo, pero uno de mis favoritos, *Territorios ocupados por el imaginario judío*, de Uri Eisenzweig.

—Yo te amo y amo tu mirada —tomándole la mano, apasionadamente, como en las películas del 40 en pleno restorán popular entre escritores y autores de nota en el Barrio Latino.

—Durante la guerra, una vez transportando dinero y documentos falsos para que algunos judíos pudieran huir a Suiza, me perdí y me encontré en medio de un vivac alemán; lo atravesé saludando cordialmente a los centinelas: adiós, Fritz, adiós. Algo así como un kilómetro más adelante, recién empecé a sentir la sensación física de las balas que hubieran podido atravesarme la espalda. Me paralicé; en ese momento los alemanes hubieran podido hacer cualquier cosa de mí. Fíjate que hace poco, mírame aún la herida que tengo en la cabeza, rodé por las escaleras de mi empresa. El personal estaba despavorido. En la sala de guardia del hospital quisieron anestesiarme, pero me negué. Dieciocho puntos, resistirlos sin anestesia; los médicos quedaron realmente sorprendidos. Bueno debo confesarte que me encontraba un poco incómodo, no es agradable tener la ropa manchada de sangre. Estas pequeñas tonterías que te cuento son sólo para decirte que soy muy duro para sentir dolor. Mi querida, te has elegido un hueso muy difícil de roer.

—Se te ve espléndida. Eres mi curandera. Desde nuestro encuentro en Lausana, hasta mi columna ha olvidado de hacerme mal.

—¿Qué estás haciendo otra vez dentro de mis sábanas?

—A mi mujer la amo, pero a ti también.

—Char es mi gran amigo. Mi jefe en la resistencia, mi aliento en mi decisión poética. ¿De verdad conocían la obra de René Char en tu país? Un día de estos arreglaré un encuentro y te lo presentaré.

Cuando salieron del hotel volvió a besarla bajo el santo descabezado, tan orondo por haber perdido la cabeza, Saint Denis, patrono de París. Llovía, empezaba la primavera y hacía frío. El le puso su impermeable sobre los hombros. Era Notre Dame que era una fiesta y valía una misa hasta cantada, con azucenas, madreselvas e hibiscus, que a todas luces forman una espléndida combinación. (*Los novios, sean novios en eternidad*, César Vallejo, *Trilce*, 1922.)

El encuentro con Char nunca se produjo, pero, efectivamente, muy pronto recibió un paquete conteniendo a más del libro prometido parte de la poética y ensayística del Conde del Herault. La primera tanda arribó con cumplida dedicatoria: «A Laure... porque a la noche sobreviene la escritura durable...» Las sucesivas estafetas fueron mudas. Poeta o no, ante todo era hombre precavido y una expresión popular francesa aconseja no dejar huellas por escrito a las amantes. En cuanto al libro de Eisenzweig, Laura nunca lo leyó pero retuvo consigo la ráfaga profunda de asociaciones que el nombre del autor le provocaba. Su *bobe* decía que había que hacer las cosas en un «eisentzweig». Ese sonido contenía la idea de lámpara de Aladino, de realizaciones por arte de magia. Todo un *abracadabra* yidish, ni más ni menos.

Capítulo X

(Salteable)

ABRACADABRA

Está bien haber empezado por *abracadabra*, porque contiene todo o casi todo, como lo que más me aflige el abandono, lo que tanto rechazo, la avaricia, pero también abarca amar en todos los tiempos y personas, abdomen, Abenámar el moro de la morería, el abismo de la ablación, el abogado abnegado, la nena abombada, el abono aborigen, la aborrecida, ¡basta de aborregarse!, el abrasar y abrazar, el abredor, el abrigo, *los 25 abriles volver a tenerlos*, el camino atiborrado de abrojos, el libro de lectura *Abejitas* para primer grado inferior, abceso y acceso, Abisinia donde nunca fui (todavía), la idea de lo absoluto, abuelos y abuelas en los cementerios de Liniers y Ciudadela —yo, ¿dónde?—, aburrimiento y abusones, acabar en bien, los acantonamientos de Campo de Mayo, accidentes del trabajo y del terreno, acción, acechar acento grave, aceptar las aguas de la acequia, acetona —mucho más barata que el quitaesmalte *Cútex*—, acné juvenil, acomodado, tener a mano una moneda para la acomodadora, ir a la fiesta ¿sola o acompañada?, aconsejar, acopiar y acoplar, acordeón, acostarse vestido, acres acreedores, mucho acribillado suelto de fantasma por la Patria, acróbata en la Acrópolis, está asentado en las actas del Arbol de la Vida, mucho acucio, mucho acuchillar atropellado, a veces ligeramente achispada de sí, muy adelantada (o poco), recitar un versito con ademanes, sobre todo el verbo adelgazar, adeudar, adición y adicción, adiposo tejido, adentro mi almita, adepto, los métodos de adivinación manoseados y recontraconsultados para saber si alguno responde que sí, nos volveremos a juntar y pronto, abanico de admiradores eso querría desplegar (un poco tarde, un poco mucho alucinar ¿no te parece?), adobe, después del ayuno adobar el asadito de cordero, adolescencia adolescente, adoquín, adormidera para pedir gancho, las adoratrices, adrenalina, adquirir adrede toallitas absorbentes, pasar las cosas por la aduana, acontecida, *si me llamara Adelita y fuera tu mujer; ¿me comprarías un vestido de seda? ¿me llevarías contigo al cuartel?* ¡ay!, ¡mierda de aflicción!, aflojala agachadiza, recupere agallas, adulterio anómalo advenedizo, adulón, adverbios de tiempo modo y cantidad, de orden afirmación y duda, superlativos y diminutivos para todos los gustos como los adversarios y las adversidades, adyacente, Afanancio, afear, miedo de viajar en aeroplano, afeitarse las axilas y las piernas que se viene la primavera, afeminado me vino a salir, aficionado a afilar con árabes me vino a salir el afrancesado, afrenta afrecho africanista afrodisíaco afta, agar agar, flor de agarrada, agusanarse, agazapado agente de la CIA, agio agiotista, agitador en la aglomeración, aglutíname agnóstico amor mío, *tu negra se muere de pena y afán*, agólpate agraciado, agrio, agreste, agresivo y jaque a la ajetreada reina del ajedrez, *encore what?*, en yidish: Angkor Vat, agua de azahar, aguas servidas, agua oxigenada 40 %, agua pasada no muele molino, pibe que te me hacés agua a la boca, aguamanil aguarda, águila aguijón agujereada, ¡ahijuna el mozo!, que se ahogue ahora ahicito nomás o que reviente ahorcado, el ahorro es la base de la fortuna, arenque ahumado, anillo de compromiso, amor libre (¿qué otro?), *volar por los aires con mucho donaire*, me dio un aire, comprate una barrita de azufre, frotate la nuca y cuando se quiebre adiós aire, es galicismo decir hablar en el aire por hablar al aire y cambiar de aire por cambiar de aires, abotonate la bragueta, cinta aisladora, está muy ajada, la analgesia de la metrópolis, ají putaparió, ajó, ajó, ¿la bebita no dice ajó? si uno tiene una cita amorosa horas antes no debe atosigarse de ajo a menos que ambas partes perpetren el acto en la misma ocasión y al mismo efecto, ajenjo que *las vaquitas son ajenas*, ajustar cuentas con el alacrán alambicado, la arboleda de álamos blancos y temblones de Pekín *¿remember*, paloma?, albañil, sonó o no sonó la alarma, te me escapaste como una anguila, asear las zapatillas con albayalde, altibajos en la antiplanicie, hazlo a tu albedrío pero hazlo, albergue transitorio, la albóndiga envenenada, albino de albornoz en la aurora alborozada, páginas de álbum, correr al albur, albúmina, el alcahuete en la alcaldía, horror a las alambradas, alemanes, alfanje, la bolsita de alcanfor, la medicina alópata la acupuntura la aliteración y *alivio a mi tormento*, si anduvieras al alcance de la mano aliñaría la ensalada con alcaparras, altavoz, *alabado sea el santísimo sacramento del altar, ¡ay de mi Alhambra!*, la monja Alférez, Mariana Alcoforado, el Alcázar de Granada, la prisión de Alcatraz, los *Alcoholes de Apollinaire*, aldabón, alegoría, pero qué alegrón ¿vos acá? ¡albricias!, esta alocada nunca va a sentar cabeza, aló aló pero si estoy hablando señorita, no cortes por favor Andrés querido, alergia, acidez de estómago, ¿acudirá a la cita? ¿en qué momento te dejé de ver como un frágil alfeñique para convertirte en Alfonso el Sabio, Aladino, El Rey de los Alisos, el Buey Apis, Apolo y Avicena?, alfabeto, algodón, ser alguien, alhajas, parte alícuota, álibi, alondra, adolorido aferrar amasa, amarrar, La Santa Alianza, San Lorenzo de Almagro no vencerá a Los Diablos Rojos de Avellaneda, almendrado, Alfonsín consulta con la almohada pero en el Viejo Almacén no se ve un alma, alfalfa algarrobo almácigo, alcauciles cruzan el charco para devenir alcachofas, Amaranta Buendía tiene el delantal almidonado y prepara duraznos en almíbar, aljama, alud, almizcle de los buenos sueños, ¿te acordás cuando almorzábamos acaramelados, bizquito?, ¿tendré mal aliento? me produzco amenorreas pero no almorranas, de pura alpaca, aspérjame, dame alpiste, *Alpargatas sí, libros no*, la alquimia de pagar el alquiler, alquitrán asfalto, altercado altanera, ahora llaman a las coperas alternadoras, la alternativa, me dieron de alta, auto, amarilis, altazor, alumbrado barrido y limpieza, la buena alumna recibe de su amante fragantes alverjillas en las alturas del Aconcagua, cuán amable solías ser mi allegado pero ahora siempre alunado mi amancebado, ¡amalhaya! que cayeron sin orden de allanamiento, el puro amasijo, de amanecer a amanecer, amanecida de fiebre amarilla, *Los corazones amarillos*, amansadora anatema amartelada, amatista anacoreta, amazona, Alá es Alá, ambulancia amenazar amnistía América, amanuense amarrete, amatista, andá a comprar en la verdulería un ramito de albahaca de la alberca, nena, en vez de un traje de amianto se puso el ambo gris perla para ir a la oficina. Adonai Eloheinu Adonai Ejad ámbar y ambrosía hacé que me ame Amén, recurso de amparo, *Las amigas*, amnesia, anorexia, afasia, amojosado amoldarse, veinte amonestaciones por hablar en clase, amonita, amontonado amoratado amontillado, ¡qué amoralidad! amortajada amputada por el amujerado, amostazar, ampolla, analizarse, ano anodino pero ampuloso, ánade, ananá anaranjado, los ardientes anarcos, anca y buena alzada, traeme anémonas, amapolas, azucenas y azaleas del Parque «*Los derechos de la ancianidad*», andarse por las ramas, andantino con variaciones, anchoa, cuánta anolatría por estos mis andurriales de anémica anécdota, andaluzada, *Anteojito y Antifaz* serán recibidos en Andorra, en anfibia anexión te extrajiste de mi vida sin anestesia, angaria, aneurisma, vos mi anfisbena, Angel Exterminador y Angel Guardián, anglicismo, ángulo, angurriento, anhelosa angustia tiene fuerte asidero debido a la animalada del almirante quien al auscultar rumor de *gurkhas* garcónos atrompetándonos un armisticio que abalanzónos en el atolladero.

Azorados, arracimados, apechugar otra vez, antiguo antifonario, ansiedad antecedente, antorcha (de la libertad, ¿qué otra?), apendicitis, olvidarse de los abortos, *Anís del Mono* porque anoche cuando adiós adiós, a no más ver te fuiste, aniquilásteme, jubilación anticipada, anticuchos en el anticuerpo y yo sin antídotos, resultaste antropófago empleaducho vos que parecías tan antiséptico, el anofeles anómalo se merece un cobarde anónimo confirmándole que es un archicornudo, antisemita —mirá si justo a mí me iba a faltar la palabreja—, anticristiano anticomunismo, anticiclón de las Azores, amorcito volvé te perdonamos, ¡ah! los poetas menores de la antología que anonadados de ausencia con añil añagaza atragantan ron de las Antillas y yo con el anular anulado pido asilo por estas ganas de apedrearme por tanto apego aunque ya sé que piqué el anzuelo y calavera no chilla, que hay que dejarse engañar por las apariencias, que lo que no es de tu año también te hace daño, que debería aojarte la aorta y apañármelas sin tu armónica; Abigail; alcánzame árnica del aparador y aprisa, punto y aparte.

Antediluviano, anuros, llamar a las cosas por su apellido, apergaminada barbilla apunta, aperitivo apetezco, antipasto apestoso, apezonado ápice, antes cuando juntos, apiolate pibita que te pasó con la aplanadora por la antecámara; arreglá la antena, aún aplastada y apabullada aplauso merezco, apóstata el apóstol, quien no te quiere te aporrea, aprendiza necesita apoyo con apremio, aproximación del apretador apuesto urge, aquilón, atleta autárquico repara el arbotante y asolea al Arca de Noé en el Ararat, en suma avatar va, aflicción viene, todo este muy ardiente edificar sobre arena que ya se viene despacio, renglón solito, adorno mayúsculo, para vos,

ARGENTINA (La).

El piolín de Ariadna la boluda, el teorema de Arquímedes, el genocidio del pueblo armenio, asfixia, volvereme al Asia menor con una estola de astrakan, no, permítanme el cambio que me veo más agraciada con *aquel tapado de armiño*, baños de asiento, arturo sorete duro, Arturos Illia y Frondizi, Asurbanipal, Atahualpa, Atlántida, Athos Portos Aramis y a D'Artagnan ¿dónde lo dejamos?, en la estación Austerlitz. Arisco, árido argumento mío, aromático aromo, melancolía de arraigo, a pasar por las armas, *arrabal amargo*, arras, arrastrada, arrebol, arrecife, arreo arrendamiento, arriar la bandera a media asta y arrojarse por la ventana para que me arropes, araña pollito, arsénico y encaje antiguo, arroz amargo, alacrán que me pusiste en el

arroyo, pasta de asesino, áspid, hacen así... así las novelistas...
hacen así... y ¡*Araca, París*!

Astuto Febo asoma, astrología, el limón es astringente, salí
ateo atorrante que atardece, ocúpate del asma del Ché para tu
arenga, en tanto que en mi mercado a término arriba aterradora
noticia: sanse/acabó.

Atizome un muy alto puntapié autógrafo, atrabiliaria con su
atraso, por atavismo atraer atraco, a mi atravesado, su proporción
áurea, sus atributos y sus atrofias brindo y a mí, la aureomicina.
Para el ausentado este retrato, con soldadura autógena hacer
como el avestruz; estar avivada, bésame axila y pupila, temor y
temblor cuando te acuerdes, apenas ayer amábame y hoy sólo
tristes ayes, antílope, acacia, azúcar y azote: vos, mi Abracadabra.

Posdata: (Refrán ladino) Ajo, ¿se aze almendra?

Capítulo XI

Es domingo, y sin otra lógica que la urgencia de sus estímulos sístole-diástole, curvas extremas y agónicas exaltación-depresión, enunciados estos que si bien explican parte de las motivaciones ajenas, dejan sin embargo oscuras franjas, tenebrosos cráteres de sombra, pegajosos como pesadilla del mejor Bradbury. Pura retórica. No sirve. Al grano. De nuevo:

Es domingo. A Laura le dio por visitar iglesias. Saint Eustache y Saint Germain l'Auxerrois, vecinas ambas en el barrio de Les Halles. Las capillas de santos franceses se parecían muchísimo a la Unesco. Cada boliche con su clientela bien diferenciada, sus devotos e interesados seguidores: B47 Salvataje de obras de arte nubias — Proyecto a cargo de una comisión integrada por cuatro expertos venezolanos, dos yugoslavos y un responsable, el profesor emérito Makoto Susato, de la Universidad de Okinawa; C24, Proyección folklórica actual de los mapuches chilenos; aproximación y diferencias evolutivas operacionales con las transiciones del Ketoprak al Sendratari javanés —Investigación en curso que llevan a cabo desde hace ocho años posgraduados de la Universidad de Oklahoma. Así de sencillo y tan coherente. Pero disciplinadas como son, las huestes de superburócratas se deslizan rozándose mínimamente, haciendo lo posible por mantener cordiales relaciones de camaradería, haciéndose protocolares guiños gestuales para las fiestas de guardar, cumpleaños, bodas, ascensos, jubilaciones y velorios. Cada tanto Laura los ve y se los topa a estos monjes atildados, bienolientes, que en la mano no llevan cirios ni rosarios sino aparatosos expedientes, deambulando con la culpa y el agobio de genuinas ánimas del purgatorio por esos laberintos gris gris, gris París —*bonjour, ça va?*; *ça va*—, con la única diferencia que los santos de la capilla católica no tienen recreos para ir a tomar café o descender hasta el economato para comprar whisky con descuento, sino que se quedan ahí, esperando que se les coloquen velas y tiren monedas en sus respectivas alcancías. Laura le encendió una a un tal Ambrosio porque le pareció abandonado y con muy escaso cirio, pero no le puso nada en la alcancía porque el favor de sacarlo de tan triste penumbra era para el tal Ambrosio más que para ella; en cambio depositó sonoro óbolo en la alcancía de Santa Rita, madona de los imposibles susurrándole «Abogadita mía, qué te cuesta, a quién perjudica, decime, que se me aparezca e ilumine y abrigue un poco en este puto desierto, ¡ay! cuánto dolor».

¿A qué o a quién hacía referencia Laura en su ardiente plegaria? ¿A Djagó, el Bienamado Histórico? ¿Al recientemente entronizado Conde del Herault? ¿A la gloria literaria? ¿A Funes el Memorioso? ¿Al Espíritu Santo? Santa Rita es confiable: no anda por ahí revelando los secretos de sus consultantes.

Reflexiones inconfesables de Laura:

Pensar que una de por sí ya viene cargada con un bagaje de historias propias y ajenas capaces de nutrir varios capítulos de la Enciclopedia Salvat del Ridículo y la Desesperación y encima tener que hacer frente a las humillaciones intransferibles que producen los idiomas de los otros, el sentido de encontrarse aún más ajena y exilada —si cabe, todavía—, por ser sapo de otro pozo, por pudor de andar preguntando a cada rato quedándome con el qué habrán querido decir antes que afrontar el tradúzcanme por favor.

105

¿Cuándo, cuándo mi alma podré darme cuenta aquí de Quién es Quién por la manera de plegar el periódico en el metro o pronunciar o suprimir las eses? Sin hablar de los sobrentendidos populares de la lengua, sé que soy y seré extranjera a perpetuidad, sin remedio no sólo por mi pronunciación deplorablemente *tipé* sino por lo blindado de los códigos a los que ni siquiera con cuatro generaciones de nacidos en las mismísimas arenas de Lutecia accedería ni por asomo. Sin llegar a sutilezas tales, a quién podría confesarle por ejemplo que recién acabo de caer: el museo Jeu de Pomme tiene que ver con el histórico Juramento en la Cancha de Pelota de la Revolución Francesa. Hasta ahora había pensado que Jeu era una forma antigua de escribir jugo (*jus*) y siempre que pasaba por las Tullerías me andaba preguntando cuál podría ser la relación entre el Museo-templo del impresionismo que allí se encuentra y el zumo de manzanas. Otra vergonzante: al leer que la mayoría de las líneas de metro terminaban con *Mairie de...* pensaba que eran capillas a alguna especialidad de Santa María, como sin ir más lejos, Santa María de las Lilas, y pensaba cuán católicos eran los franceses para la época de construcción del metro, y de verdad, vocal más o menos, Virgen suena igual que Municipalidad; o cuando a mi alrededor florecía la moda de decir por cualquier cosa *sé-maggón* y yo me interrogaba acerca de qué les resultaba cómico o simpático en nuestro neutro color marrón y sin embargo por prudencia no osaba reírme; apenas esbozaba una breve sonrisa de circunstancias ya que mi sexto sentido me advertía que algo en la interpretación del discurso estaba falseado desde el vamos. Al tiempo, pagando como voy el correspondiente derecho de piso de meteca, sé que en realidad se trataba de *c'est marrant* que viene a ser que algo es muy gracioso, vaya a saber uno por qué y para qué me va a servir.

Suicidio en el congelador

Un hombre de 52 años se suicidó en su propio congelador el miércoles pasado en Kaltenhouse, periferia de Estrasburgo. El hombre fue encontrado sentado ante una

106

botella de gas abierta en modo tal que murió por asfixia y congelación. *Libération*, 8/9/83.

Precavido el pobre. Decidido el pobre. Ahora empiezan aquí a interrogarse y polemizar si algunos que últimamente no se la bancan más y actúan en consecuencia obran a causa de la popularidad del best-seller: *Suicidio; modo de empleo.*

A quiénes querés enviarle SOS o cargarles literalmente el muerto, Laura, que obtuviste el libro en préstamo de la biblioteca del barrio, también ella con nombre de santo desconocido: San Eloi, y lo tenés al alcance de la mano, sin leerlo, apenas hojeándolo, todopoderoso tan sólo por el tacto: *SUICIDE, Mode d'Emploi*; historia, técnica y actualidad. ¿Exorcizando el vértigo? ¿Tirando la toalla? ¡Qué no se diga!... ¿Rajarte sin haber vivido (*ergo*, escrito) ni siquiera una historia con japi end? Al que nace barrigón, etecé. Ufa. No rompás más, ¿de acuerdo? Ufa.

En el Zoo de Vincennes:
Para bicho raro el *okapi*. Me parece que el primer okapi del que me enamoré lo encontré en Estambul. Zonza, allí lo que viste fue el Palacio Topkapi o algo parecido. Lo que pasa es que se te traba la lengua de la memoria. ¡Para qué Freud me habrá venido a joder la vida que no puedo caminar por el zoológico tranquila! Má sí, me lo confundí y qué, pero el okapi como lindo es lindo y dejame en paz, ¿querés?

Lunar secreto:
El Conde del Herault tiene las uñas de los dedos meñiques larguísimas. Impreguntable. ¿Será colectivero argentino en las horas de ocio? ¿Las empleará para limpiarse las orejas? ¿Las necesitará para guitarrear? ¿O para contar dinero, que es lo más probable?

* * *

Olivier la llamó angustiado, que le tirara el Tarot, por favor por favor. Puede venir hoy mismo, después de la hora de cierre del museo Guimet, donde está haciendo unas extras como cuidador.

Rápida, Laura le preguntó cómo andaba Jean-Claude, el ebanista. Así se enteró de que estuvo internado por un nuevo intento de suicidio. En el hospital había conocido a una joven anoréxica. Al salir, se juntaron. Rápidamente la relación se hizo tormentosa. Un fin de semana de reconciliación Jean-Claude bajó al supermercado para hacer las compras y justo vio unas sábanas de satén tan tentadoras que no lo pudo resistir. Lo pescaron y, como no era la primera vez, está resultando muy difícil que pueda conseguir la condicional.

Olivier baraja y corta las cartas muy concentrado; está tan triste que Laura le repitió el verso, flores más, flores menos, que a su vez le hicieron todos los profesionales y amateurs por ella consultados; truquito infalible que deja a todo el mundo de lo más contento: que la persona por la que pregunta no lo merece y es muy egoísta, que no se preocupe, muy pronto aparecerá una pasión fulgurante, como aquella que conoció a los veintidós años, una pasión con P mayúscula y para más, correspondida, que no se deje abatir, sobre su Casa está saliendo el Sol fuerte y luminoso, que viene con un Carro que aparta con fuerza las nubes del pasado. Además, ese encuentro regenerador está confirmado por su mano en la línea del corazón a la que se suma esa espléndida estrella en el monte de Apolo. Siguen variedades sobre el mismo tono y estilo algunos minutos más.

Olivier, sosegado, casi contento. Laura sirvió un exquisito guisito de ternera y aunque ya sabe que eso no se hace, como no preparó postre con sus propias manos y ni siquiera compró fruta fresca, abrió una lata de duraznos. En fin, hay cosas peores.

Durante la estancia de Olivier cayó bien a tono el *Boletín informativo telefónico* (coté nativos bonaerenses); esta vez, María:

...Willy se rayó... tuvo una crisis sicótica... se escapó en pijama del hospital, lo buscaron por todas partes y apareció tres días después ahogado en un pozo del jardín... ¿viste esos aljibes antiguos que parecen de adorno?, bueno de esos... hasta la semana pasada trabajaba como siempre en un sex shop... el hermano es curda y está en Roma... si querés que te diga, Marquitos no está tan mal porque ya quería separarse de él... pienso que lo tenía loco al pobre Willy... claro que Marquitos se quedó en el departamento, como están las cosas no es para andarse mudando y seguro que ya está por meter adentro a otro tipo... voilà lo que pasó, por más que uno no quiera, a veces te agarran unos julepes por lo que es la vida.

Cristina Pascal (coté nativos gálicos):
De-ses-pe-ra-da porque la compradora de su departamento se retractó a último momento y es la tercera vez que le pasa. No hay nada que hacer, la gente no quiere cerrar la operación porque su calle está llena de negros y de árabes. Cristina a su vez ya compró otro y está muy apurada de dinero. Laura no podría hacer correr la voz entre sus amistades a ver si les interesaría este... porque... este... (carraspeando, por fin toma envión con la voz) porque seguro son gente que no tiene este tipo de racismo...

Cuando Olivier se fue, el aire espeso de Laura siguió aumentando. La noche —fitzgeraldianamente hablando—, no era suave, para nada.

A veces la bañadera de agua caliente le amainaba (por lo de la magia simpática) sus grandes temporales.

Laura, en el sopor amniótico de la espuma para baño, prosigue, monotemática, sobre el Conde del Herault:

La rreputa que lo parió, hugonote del carajo, tordo le juro que no lo entiendo, a las ocho y cuarenta y cuatro de la mañana del domingo se me cae con *yo te amo y vengo a decirte que asumo la palabra nosotros dos*, si esto no es el pueblo, el pueblo donde está, espere que continúa hasta que la concha me tiembla de gozo, emocionada, «detesto las aventuras, es la primera vez que me enamoro, no, no eres un paréntesis, porque los paréntesis tienen fin y tú (puntos suspensivos, rotundo) ¡jamás!», para llamarme ahora (¿me animaré alguna vez a decírselo doctorcito sin morirme de vergüenza?) que lo más insufrible (para él) de nuestra relación era su encuentro con Satán, por la luz que me alumbra, a mí, a la Princesa de las Boludas, Presidenta Honoris Causa del Club JPSG (Jodidas por su Propio Gusto) me dijo en latín, porque es más fino, usted ya lo conoce, *¡Vade retro, Satana!*; y él interpretaría que te interpretariola que el que bien interprete buen destripador será que sufro a reventar por este viejo choto por mi edipo mal resuelto o para cagar a mi mamá o sublimar que no me encamo con él, andá a saber con qué se larga, lo cierto es que al final y al principio la única escaldada vengo a ser yo, que para más me va a hacer sentir encima cul-pa-ble parecido a esa gente que cuando te ve bien en medio de un lío espantoso, te reta, amonesta y responsabiliza: pasa un coche y te salpica de barro o una aplanadora o Atila que para el caso es lo mismo y en vez de tenderte un pañuelito gentil para que enjugues la sangre y lágrimas del rostro, siempre hay amigos (?) que regocijados te dicen.... «y yo te había avisado, no me digas que no te lo advertí, eso te pasa por estar cerca del cordón de la vereda...» ...«muy bien hecho, para que aprendas, ¿por qué no mirás donde caminás?»... y seguiría horas porque la voz del amor y del desuello se parecen, nadie como la amante borda endechas con un rayo láser, nadie como ella para reconocer en el infierno de los pantanos el crecimiento soberbio de la flor de loto de las rupturas, y seguiría que te seguiría horas, pero el dolor es tan agudo que más allá del límite de lo grotesco, visceral y sainetero, se hace pudoroso, así que mejor dar paso a la versión trasnoche de la nunca bien ponderada

Tili:

...me siento tan fortalecida con el complejo vitamínico... tomaré un curso de artes marciales, la vidente me lo confirmó; para mí es más apropiado que el sicoanálisis... Dios en cuanto alteridad es mujer... Sor Juana afirma que el ánimus es mujer;

Freud al no conocer nada, el muy bobo cree que el placer es fálico y la mujer por tanto no sería completa... nos corresponde a nosotras establecer pautas que cambien las cosas... yo no quería seguir con una doble vida como Chabuca e hice una mini-etapa yéndome de casa... después ella puso las cartas sobre la mesa pero yo no puedo someter a la familia a mis preferencias... Odette, la pobre, viene de estar complicada con una mujer que no se asume como homosexual... para mí fue una grata sorpresa enterarme de que el hermano de Odette es gay, eso facilita bastante la situación... para mí los pactos con los tipos se acabaron... los hombres en materia de comprensión no te pueden dar nada, para qué perder nuestro tiempo con hombres que se creen patrones de tu cuerpo... Chabuca ya no cae seducida por ningún falócrata... los hombres distraen, excesivamente; si no, mirate... si muere mi padre yo podré decirle a madre mi verdad... ¿y cuándo vas a estar libre como para cenar conmigo?

Por la mañana la desayunó la voz de *Marta Véscovo*:

Marta llamó a Laura para contarle que su amigo, el editor madrileño Bucher y Palau estaba muy entusiasmado con sus poemas, pero que si por favor no tenía una novela que no tratara para nada el tema del exilio.

Marta llamó a Laura para decirle que la mujer de Bucher y Palau estaba muy interesada en la publicación de sus poemas, pero que si mientras tanto por favor no conocía alguna buena novelista inglesa o norteamericana para una colección femenina que pensaba lanzar en España y si le interesaba le confiaría las respectivas traducciones. Laura envió informes entusiastas sobre Jean Rhys y Maxime von Kingston. Pasado un tiempo más que prudencial Laura se enteró de que los libros fueron aceptados y las traducciones de los mismos encomendadas a una amiga de la señora Bucher y Palau que estaba pasando momentos muy depresivos a causa de su divorcio.

Marta llamó a Laura para que se encontraran a su paso por París como tenían por costumbre y en el almuerzo le comentó que había descubierto que Bucher era un fatuo inaguantable y la mujer no se quedaba atrás. En cuanto a la publicación de su libro de poemas, sinceramente que por las dudas no se hiciera ilusiones. Para nada.

A primera hora de la tarde, Laura se encuentra en la cafetería de la Unesco esperando por si más tarde viene vaya a saber uno de dónde y esta vez la atiende uno de los jefes, superjefes o subjefes interinos por quienes empieza a pasar de mano en mano y puerta en puerta mendigándoles algún contrato de traductora, correctora, mecanógrafa, aunque sea a destajo, ya que el mundo parecería, al menos en París, estar dividido entre quienes ordeñan la Unesco y a quienes les gustaría ordeñarla, pero nones.

A lo largo y ancho de sus incursiones y erráticas tentativas recibió una variada gama de corteses pero infranqueables:

«—¡Ah!, si hubiera venido el mes pasado, teníamos tanto trabajo que no dábamos abasto...

—Ahora nos han reducido el presupuesto y todas las tareas las realizamos con nuestro personal fijo, pero de todas maneras lléneme (por triplicado) estos formularios con sus datos.

—Tú no sabes cuánto quisiera estar en tu lugar... los organismos internacionales son un rompedero de cabeza que no imaginas, de verdad te envidio, no sabes lo que significa poder leer un libro tranquilo, escribir cuando se quiere...

—Ah, si dominara el ruso o el chino... ¿ni siquiera maneja el japonés?

—¿Por qué no visita a su compatriota el Director Equis? Tal vez con su recomendación podríamos intentar algo, pero no le prometo nada... ¿ya lo visitó? entonces pruebe con Equis Bis, Tris o Equis Equis que a lo mejor este último puede hacer algo por usted.

—Laura, tanto no debés andar necesitando si todavía te las arreglás para vivir...

—Con sus antecedentes ofrecerle un simple trabajo de mecanógrafa y temporario...

—No deje de darse una vueltecita el mes próximo que si aparece algo la tendremos con mucho gusto en cuenta...»

* * *

De las perlas de sabiduría de don Longo:
1) Calavera no chilla.
2) Cuando uno anda en la mala, pisa mierda y se resbala.

Capítulo XII

CUARENTENA DE LA DAMA
¿Toxicidad de la Unesco, somatización, o muerta de amor?

(En caso de que fueran) *PERSONAJES* (sus voces serían):

UNESCO, Organización de las Naciones Unidas para la Educación, la Ciencia y la Cultura · *Contralto*

LAURA FALENA KAPLANSKY, poeta y mecanógrafa · *Mezzosoprano*

DOCTOR AMERICO LONGO, psicoanalista · *Barítono*

CONDE DEL HERAULT, ilustre académico y vate meridional · *Tenor*

TILI, abreviatura cariñosa de Tilinga, una que suspira por ser viuda de escritor/a muertos antes de tiempo · *Soprano*

Coro de funcionarios, enfermeras, enfermos y visitantes.

La acción: París, ¿1984?

Sala magnifica nel palazzo Ducale con porte nel fondo che mettono ad altre sale, pure splendidamente illuminate; folla di Cavalieri e Dame in grande costume nel fondo delle sale; Paggi che vano e vengono. La festa è nel suo pieno. Musica interna da lontano e scrosci di risa di trato in tratto.

La sponda destra del Mincio. A sinistra, è una casa a due piani, mezzo diroccatta, la cui fronte, volta allo spettatore, lascia vedere per una grande arcata una rozza scala che mette al granaio, entro cui, da un balcone senza imposte, si vede un lettucio. Nella facciata che guarda la strada è una porta che s'apre per di dentro; il muro poi è si pieno di fessure, che dal di fuori si può facilmente scorgere quanto avviene nell'interno. Il resto del teatro rapresenta la deserta parte del Mincio, che nel fondo scorre dietro un parapetto in mezza ruina; di là del fiume è Mantova. È notte.

Rigoletto, primera escena, primer acto y primera escena, tercer acto. Melodrama con música de Giuseppe Verdi y libreto de Francesco Piave.

HOSPITAL (Lat. *hospitalis*). Establecimiento en que se curan gratuitamente enfermos pobres: *hospital de niños.* Establecimiento donde se recogen pobres y peregrinos por tiempo limitado. *Hospital de sangre*, ambulancia de campaña. *Fig y fam.* Parientes pobres. *Fam. Hospital robado*, casa desalhajada o mal amoblada.

Fruto de arduas peregrinaciones y variopinta mendicidad, finalmente le tiran un contrato de dos semanas como mecanógrafa rasa en la Unesco. En el turno más jodido; de cuatro de la tarde a medianoche.

Ni que fuera a propósito, unos días antes de la magna fecha empezó a sentirse vagamente mal. El primer día de trabajo, al par de horas, un picor extraño, singular, en la oreja izquierda. Consulta a un colega argentino, que también es médico. Su diagnóstico sagaz fue muy alentador:

—Tenés los síntomas de una sífilis de segundo grado.

A la mañana siguiente tiene brotado no solo el cuello sino también el pecho.

Unesco, seis y media de la tarde

Gran alergia. Hago como que trabajo; en cambio, transcribo prolijita algunos parlamentos de la señorita Azuela, muy entusiasmada hablando por teléfono.

—veremos... sí, sisisisí, a ver sí, sisisisí (estos síes *leit motiv* son la célula generadora del discurso, así que mejor no los repito)... en Semana Santa, que falta muy poco... al lado de la chimenea todo el día no es muy prometedor que digamos... el 18 me voy a Ginebra 4 semanas y después a Nueva Delhi 3 que me apetece muchísimo... en el consulado de Viena me dieron todos los detalles y envié mi voto urgente por correo... me enteré que a nuestro Javier lo nombraban Ministro de Educación; no, no lo van a nombrar a Jorge porque Luis es el segundo de a bordo... muy pero muy ministrable... ¡hombre!, me alegraría muchísimo que lo designaran... no es abulense, es de Asturias... Fraga es muy agresivo, pero bueno... menuda crisis tienen a resolver... estoy encantada que estés tan bien... haces una vida sedentaria, no te lamentes... ya verás como adelgazas poniéndote más activa... es que te mueves poco, mujer... te repito; que te mueves poco, hermana... te llamaré para el día de Navidad... ¡que horror!, llevo una hora hablando.

—Ocúpese ya mismo de este texto, ¿quiere? ¿Cómo se llama usted? ¿Pero qué le pasa en la cara? ¿No se estará intoxicando con la nueva pintura con la que nos están renovando los pasillos del segundo piso? Ya me han contado varios casos. No se olvide que el documento que le entregué para copiar es una resolución del Consejo y es muy urgente. Después, si le queda tiempo, puede darse una vueltecita por la enfermería.

En el Servicio médico de la Unesco le dijeron:

—¿Alergia? mmmmm ¿Sarampión? ejem, ejem. Veamos un poco su legajo, ¿así que usted es una supernumeraria contratada sólo por el período de la Conferencia? En ese caso no se inquiete, claro que puede continuar trabajando.

¿Necesitarán salvoconducto que todos van por los corredores con papeles firmados y lápices en la mano y cuando se tropiezan unos con otros pronuncian contraseñas? ¿Por qué vaya donde vaya los escritorios tienen las mismas plantitas?

oídos supurando / boca reseca / estoy en un tris de llamar a Longo: jefe, me sale todo por las orejas / Azuela se desliza con chal sobre los hombros, reclama nerviosa el texto que le tengo que dactilografiar para cuando ella vuelva de tomar café, sin falta, dice enarbolando dedo índice y se le caen los papeles y marcadores con los que se disponía a salir / no puedo ni sonreirme / boca nariz clítoris inflamados / cada agujero late con ritmo propio y muy acelerado / ¿me habré brotado de ausencias? ¿marco 16-67? para qué / veloz, que no hay nadie, dudo, ¿y qué le digo? / ni eso, mi interno no autoriza interurbanas ni internacionales / arde desde cuello a dedos de los pies.

Por la madrugada va al Servicio de guardia de un hospital del vecindario:

—¿Escarlatina? ¿Infeccioso? No podría jurárselo. Venga a la consulta de mañana por la tarde.

Por conocidos de conocidos cae en manos de una dermatóloga. Para estas alturas es la viva figura de los afiches que promocionan periódicas campañas para que la gente se sensibilice y contribuya a luchar contra la lepra en Calcuta. La muchacha, recién diplomada, se pega flor de susto y por las dudas, la interna de urgencia.

Acto seguido vemos a doña Laura (Falena) Kaplansky, paciente con diagnóstico reservado en la *Salle Hardy* del Hospital San Luis, con un cartoncito identificatorio en mano y un pijama a rayas, anudado por encima de la cintura con un grueso cordón.

—Desnúdese. Contra la pared. Abra más los pies. Que se vean bien las palmas de las manos.

La habitación gris, muy descascarada, estilo Bergen-Belsen

versión latina, y el gordo que continúa a fotografiarla en pelotas, de todos los ángulos.

Pero ni siquiera bajo tan lamentables circunstancias, la brava falena perdió su sentido del humor, ya que le dijo al individuo (en vez de carajearlo, o lo que hubiera sido más efectivo: —primero me atienden y después documentan mi caso para la ciencia y los estudios de los jóvenes discípulos galos de Hipócrates):

—Figúrese. Nunca se me hubiera ocurrido imaginar que ingresaría por esta puerta en el cine porno.

Cuando regresó a su sala la sumergieron en una bañadera de aluminio que contenía un líquido lechoso donde flotaban pelos púbicos que no le eran propios.

Hospital Sant Luis, cuatro días más tarde

la llaga viva / ¿la llaga de amor viva? ¿de dónde me habré hecho este regalo? / en la cama de al lado una ancianita consumida con tatuajes en la frente / Herault, lobo, gallo, gallina, zoológico mío, ¿dónde estás? / *Bon courage madame, bon courage madame* / yo querría qué, ¿qué? ¡qué! / nada / todo es asqueroso / el olor a hospital me descompone / ¿Don Heroico Hache me piensa?; Emérito Longo ¿vendrá a verme? / fiebre tengo / uno sabe que todo es del mate, pero ¿por qué? / desfallezco / pasa una enfermera: «Ya le tengo dicho que no fume en el cuarto, ¿qué se cree?» / me van a reventar las pobres venas otra vez / quemada viva, como la Lou de Michaux, que él la quiso tanto después de muerta y le escribió el poema de amor más hermoso del mundo, tanto que ahora me lo recuerdo y me sube un sollozo en la garganta, Lou muerta después de un mes de hospital, ¿qué hospital sería? ¿el San Luis, sería? / a mí no me escriban nada / de nada / todo el cuerpo se agrieta, se desescama, Sirenita / ya me leí los *Salmos del enfermo*, me los leo de nuevo:

Mis llagas hieden y supuran a causa de mi necedad.

Mis lomos están llenos de inflamación y no hay en mi carne parta sana.

Estoy agotado y muy postrado, por la agitación de mi corazón.
Mis amigos y compañeros se mantienen lejos de mi llaga y mis
allegados permanecen a distancia.
Porque estoy a punto de caer y mi dolor está siempre ante mí.
No me abandones, Yahvé; Dios mío, no te alejes de mí.
Date prisa en socorrerme Señor, mi salvación.
Desvía de mí tu mirada para que respire un poco antes de que
me vaya y ya no exista.

Ahora que no me ven, aprovecho y me fumo un pucho.

Hospital San Luis, tres días más tarde

Harta. Herault, hijo de puta: «mejórate». Longo, hijo de
puta: «mejórese». Punto. Borrados ambos y eso que los llamé,
S.O.S., escapándome unos trescientos metros en pleno frío hasta
la primer cabina. Cuerpo, la sola llaga gigante. Ex cuerpo. Ex
todo. *Down*, abajo del *down*. Cómo Longo no me preguntó ¿me
necesita? ¿quiere que la visite? Hablando ya ni sé de qué, la
última vez me dijo: «Amor con amor se paga», y la única que
paga, 150 francos la sesión, soy yo. Y Herault que en la cama me
llama su curandera; decime, ¿a mí quién me cura ahora, afamado
poeta? «Vengo a decirte que te amo», dice a cada rato. Por la luz
que me alumbra. Puaj. Apestada. Desangrada, y siempre encuentran un nuevo lugar para pincharme. Fumo a escondidas, total,
peor de lo que estoy... la humillación del cuerpo. Estoy hecha
mierda moco marasmo maleza... miserable menguada muerta.
Venir a joderse, a autojoderse de esta innoble manera. Triste a
morir.

Hospital San Luis, dos días después

Estoy cansada. Muy feo el hospital. Las palmas de las manos
se me despelan por tercera vez en el día.

Enfermera refunfuña porque cada vez que me levanto para ir

al baño tiene que barrer la piel que se me cae y juntarla con la pala. Junta varias palas por día.

Hospital San Luis, un día después

Tengo hambre.
Hoy me dan de alta.

Para irse del Hospital, antes debe firmar un reconocimiento de deuda por los servicios médicos recibidos cuyo importe asciende a 10.000 francos, ya que consultado el caso repetidas veces y en distintos tonos, para ver si aflojaba, la responsable señorita Azuela insistió en que no sería ético presentar a la Lloyd's, aseguradora de la Unesco, expensas hospitalarias originadas en dolencias contraídas probablemente en forma previa al contrario laboral de la enferma. Personalmente, ella lo sentía muchísimo, «ahora perdona que tengo que cortar porque estoy muy atareada y feliz convalescencia».

Le entregaron también una orden para que se tratara en la Consulta externa, donde se decía que «... esta mujer presentó una erupción generalizada toxidérmica debida *quizá* a la penicilina A, medicamento que la enferma tomó recientemente por una infección dental; pero sobre todo en las orejas, el rostro y las manos existieron lesiones que evocan un eczema de tipo escamoso. Querido colega, quisiéramos investigar el grado de tolerancia de la enferma a la *crema Nívea*, por lo que le solicitamos realice las pruebas de sensibilización a este producto».

Descontado que no tiene intenciones de volver a pisar jamás la susodicha Consulta en sus modalidades externa ni interna, pero igual hace como que si, tomando fecha para sucesivas revisaciones, análisis y radiografías; cosa de aparentar buena letra hasta el final.

Si bien durante el período de su internación Laura penó por muy representativas ausencias, contó sin embargo con las asiduas y pegajosas visitas de Tili, a quien le hubiera encantado que Laura se le muriera entre sus brazos. Las fantasías que más la excitan (todavía) son imaginarse temblorosa abriendo por primera vez la puerta del departamento de la difunta... Comenzar la fatigante tarea de ordenarle los manuscritos inéditos, la correspondencia... Trasmitir a los padres y hermanos los últimos deseos de la finadita a quien ella se sentía tan unida... Negarle rotundamente a los editores el derecho a publicar lo que a su juicio enturbiaría la memoria lírica de la Falena... Pero qué se le va a hacer; tuvo que conformarse con las amenas horas de sociedad transcurridas con los otros visitantes en el hall del hospital, a quienes controló y desinformó de todo cuanto ocurría con nuestra querida, pobrecita Laura.

Sabemos que Lauri es muy sensible (pero sensible en el sentido contemporáneo de la palabra, no en el que la empleaban los franceses del siglo XVIII cuando querían dar a entender que cierta fulana era una putaza perdida) y lógicamente aprovechó su maremoto personal para escribir un emocionado poema:

(Laura, esce sul balcone con una lanterna, finalmente dopo molti sforzi, esclama: «¡Ah!». Comincia il aria; primo dolcissima, finisce strappandosi i capelli senza poter gridare. Singhiozza. Sviene.)

CUARENTENA DE LA DAMA

Más allá del vaho abandonado por la línea imperceptible
   de la impronta del pie
está el cese de la justa.
No más pétalos de margaritas de por qué no ha llegado a
   quererme
o me querrá tanto que no me doy cuenta
o su modo de amar dista a ochocientos y tantos kilómetros de
   París;
y también está La Carta.

Querido, ¡y qué después de los dos puntos!
La Dama de Espadas en la nuca
y el Apestado delante.
Rézale a Job, a Lázaro, a San Blas
y a tu insolente risa de escándalo.

Tan fácil, poseyendo el jubón del hombre feliz,
tú, el pregonero comedor de perdices parasiempre
yo, la ajena a tanto festín de bienaventuranza
me sostengo pensándote cuando se empeñan
en hurgarme venas, censar pústulas
—pero para sollozar aullo maami, mamiiita—
y los papeleos, los funcionarios de la salud
repiten como es de buen proceder
su tradicional no ha lugar, cero en conducta.

La esperanza de la amante no entra dentro ni fuera
    de los muros en las pieles purulentas de la *Salle Hardy*.
¿Hubo una vez aquí una sonrisa avergonzada de mostrarte el
    puro deterioro de sus huesos?
¿Hubo una vez acaso el hueco de una sombra deslizada por el
    revés de tu mano en este seno memorioso de la única, la Suma
    de todas las caricias?

—Baños de avena para las nalgas de Madame Abdullah, para
Usted, loción de corticoides para el pelo y en cuanto al resto, ya
verá que poco a poco todo se arregla con tranxene diez
miligramos a la hora de dormir.

Cher dos puntos y la ortografía de pesadumbre de estar exiliada
    hasta para dos miserables líneas en tu idioma.
y el pudor de quién abrirá el sobre a ocho horas de mi infierno.
Tú, solido, sarmentoso ante las viñas,
el roble pulido de la mesa, con la galana rosa negra en el vaso

recién cortada, el agua límpida que dialoga contigo hasta en
romance
y yo la envidio, ferozmente
mientras me fotografían las pústulas desnuda
y los estudiantes hacen como que aprenden:
no vayas a creer que para algo sirven.

Del otro lado de la impronta del pie
dejaré firmado por las dudas antes de que el agua arrastre mi
voluntad en el almidón
en caso de que
en caso de que
por cualquier cosa, quiero que sepas

pasión intacta
pasión intacta stop.

A C.H., París, 5.1.84.

Para quienes se interesan en el destino de los protagonistas de
la historia luego de alguna situación límite en la trama literaria,
podríamos abandonarlos de las siguientes maneras:

a) La Unesco continúa (por ahora) en el número 9 de la Plaza
Fontenoy, metro Segur o Cambronne, todo depende del color del
cristal con que se mire.

b) Don Américo Longo, prosigue, enigmático y silencioso
como siempre, percibiendo los honorarios que le son debidos.

c) Laura Falena* nunca más pisó la Unesco, ni pagó los

---

* Laura (Falena) Kaplansky fue un personaje que creé con parte de mi
melancolía, mi mirada, mis alegrías, dolores y tristezas. A través de Laura, una
especie de apasionada cándida y a veces lúcida, traté de explicar qué es ser poeta

10.000 francos que cada tanto le reclama el Hospital. Tampoco volvió a utilizar para quitarse el maquillage la *crema Nivea*. Escribe poemas, si no qué haría.

ch) Ché Conde del Herault, desciende cada tanto de su Montpellier natal y feudal, y luego de cumplidas sus actividades comerciales y artísticas parisinas, invita a Laura a un aperitivo en Deux Magots y a una cena en Le Petit Zinc. Ultimamente la ha hecho partícipe de su preocupación por la salud de René Char y otros que en cualquier momento, como Chagal por ejemplo. También le confió detalles de los funerales de Henri Michaux.

d) Tili ha estado muy atareada escribiendo una serie de notas muy emotivas para *La voz ciudadana* de Entre Ríos (Argentina) y *El heraldo metropolitano* de Asunción (Paraguay) sobre queridos desaparecidos recientes: Romy (Schneider, claro), Dewaere, Fassbinder, Scorza, Cortázar, Guillén, Truffaut, Welles, aunque en realidad está haciendo tiempo esperando que espiche la Garbo.

e) etcétera.

f) de FALENA f. (gr. *phalaina*) Nombre de diversas mariposas crepusculares o nocturnas llamadas igualmente *geómetras*.

París, mayo 23, noviembre 10, 1985.

---

suelto por el mundo, con sus particulares agravantes; mujer mayor, pobre, judía, argentina y sola.

Pude haber seguido con ella a través de escenografías interiores y exteriores rudas y lacerantes como la Guerra de las Malvinas, agobiantes y ridículas como el enfrentamiento con las burocracias; inexplicables como la ascensión de las derechas; desorbitantes como el corte cervical de las pasiones, pero de golpe ya que así ocurren las grandes decisiones, las que maduran lentamente, hoy me levanté y me di cuenta, Laura, que ya basta.

INDICE

53 política argentina